KB063554

당신의 슬픔을
훔칠게요——

시요일

당신의 슬픔을 훔칠게요

김현의 詩 처방전

차례

봄

여름

가을

겨울

봄

봄에는 다 그런 겁니다

첫사랑이란 뭘까 궁리해봅니다. 단 한번도 그런 적이 없는데 그리 되어버리는 것, 그게 첫사랑이겠죠. 첫사랑이라는 말을 들으면 언제나 봄의 앞날이 그려지곤 합니다. 더군다나 짝사랑이라뇨. 첫사랑과 짝사랑이 합쳐질 때 누군들 온몸이 소란스럽지 않을까요. 그 소란스러움을 저는 예찬하고 싶습니다. 그 마음의 일동 기립을요.

황인환 님의 사연

작년 8월 16일부터 좋아하는 누나가 생겼습니다. 첫눈에 반한 건 아니고요. 고1이던 지난 여름방학 때부터 그 누나에게 자꾸 시선이 갔습니다. 방학 동안 매일 급식실에서 보다보니 자연스럽게 좋아졌나봐요. 그런데 5개월째 짝사랑만 하고 있습니다. 덩달아 공부를 열심히 하게 되고, 학교 기숙사에서 지내는 누나가 외박 갔다가 1시쯤 돌아오는 일요일에는 제가 거의 학교에 살다시피 합니다. 언젠가는 도저히 마음을 숨길 수 없어서 11월 11일을 기념해 빼빼로를 주기로 마음먹었습니다. 하지만 그날이 하필 저의 대만 여행과 겹쳐서 다음 날인 12일 저녁 한국에 도착하자마자 학교로 달려갔지만 마주치지 못했습니다. 그 후로도 복도에서 만나도 선뜻 용기를 내지 못해서 눈만 오래 마주치다가 말았고 선물은 아직도 사물함에서 썩고 있습니다. 크리스마스에는 고민 끝에 편의점에서 산 과자를 메모도 없이 신발장에 넣어놓고 왔어요. 쓰다보니 진짜 제가 바보 같고 생각할수록 한심하네요. 그 누나는 첫사랑이에요. 제가 어떻게 하면 좋을까요? 최대한 자연스럽게 제 마음을 표현할 수 있는 방법은 없을까요? 누나는 이제 고3이 됐어요. 어리숙한 고2의 짝사랑을 계속해야 할까요? 제게 처방을 부탁드려요.

처방詩

봄

이시영

바람이 그치자 강산에 꽃들이 다투어 피어났다.
온몸이 따스한 고양이 한 마리가 풀밭 위에서
처음 보는 공을 이리저리 굴려보고 있다.

처방전

봄에는 다 그런 겁니다

고맙습니다,라는 말부터 전하며 이야기를 시작해야 할 것 같습니다. 오늘의 사연 덕분에 어젯밤 힘껏 웃을 수 있었습니다. 입춘은 이미 지났으나, 어쩐지 저의 봄은 어젯밤부터 비로소 시작된 것 같습니다. 한 사람이 한 사람을 좋아하는 이야기란 또다른 한 사람을 이토록 건강하게도 합니다. 그런 걸 생각하면 누군가를 좋아하는 것은 둘만의 일이 아닙니다. 웅장한 일이지요. 지금 당신은 웅장한 존재입니다.

첫사랑. 이 말을 오래 잊고 있었습니다. 저의 첫사랑은 꽤 괴로운 것이었습니다. 짝사랑이었거든요. 복도 저쪽에서 걸어오는 그 아이를 보면 괜스레 교실로 들어가지 않고 서성거리다가 그 애가 스쳐 지나가면 재빨리 고개를 돌려 그 아이의 뒷모습을 보고 했습니다. 말 못 했지요. 그때 저의 우주는 온통 그 아이로 가득 차서 교과서를 펼쳐도 뜀박질을 해도 밥을 먹어도 자려고 누워도 그 아이의 빛나는 그림자만 보였습니다. 일기를 썼지요. 날짜를 셌습니다. 네, 저는 그 아이를 5월 17일부터 좋아했습니다. 사랑의 역사란 이토록 두고두고 되돌아볼 일입니다. 8월 16일에 시작된 사랑의 역사는 누구에게로 언제까지 이어지게 될까요. 저는 첫사랑과 짝사랑을 거쳐 긴 사랑을 하고 있습니다. 언젠가 제 사랑의 역사도 끝나는 날이 오겠죠. 그런 걸 생각하면 아무래도 지금, 최선을 다해야 할 것 같습니다.

첫사랑이란 뭘까 궁리해봅니다. 단 한번도 그런 적이 없는데 그리 되어버리는 것, 그게 첫사랑이겠죠. 첫사랑이라는 말을 들으면 언제나 봄의 앞날이 그려지곤 합니다. 더군다나 짝사랑이라뇨. 첫사랑과 짝사랑이 합쳐질 때 누군들 온몸이 소란스럽지 않을까요. 그 소란스러움을 저는 예찬하고 싶습니다. 그 마음의 일동 기립을요.

봄날 작은 고양이 한마리가 화창한 풍경을 뒤로 하고 오로지 처음 보는 공에게만 몰두하는 모습은 첫사랑에 빠진 이의 자세를 떠올리게 합니다.

사랑이라는 감정을 이리 굴리고 저리 굴리고 냄새 맡아보고 깨물어보고 쥐어보고 놓아보고 떨어져서 보고 가까이에서 보고 아는 척도 해보고 모르는 척도 해보세요. 사랑과 함께 굴러가 보기도 하고, 사랑을 발음해보기도 하세요. 처음에는 다 그럽니다. 자신의 '첫'과 대면하는 모든 일 중에서 가장 온몸이 따뜻해지는 일이 바로 첫사랑을 경험하는 것이랍니다.

그러나 한가지 명심할 것. 고양이는 몰두가 끝난 뒤에 조용히 공을 저 먼 곳으로 놓아 보내는 일로 도도히 봄을 완결합니다. 모든 사랑의 감정은 내 것일 뿐만 아니라 상대방의 것이기도 하기에 일방적일 수 없습니다.

그런데도 계속해야 하느냐고요? 그럼요. 계속해야죠. 첫사랑은 서성일 때 가장 뿌리 깊고 이루어지지 않을 때 가장 아름답습니다. 거짓말 같죠? 봄에는 다 그런 겁니다. ●

고양이의 언어

'냥냥이들'을 처음 만났을 때 당신은 얼마나 상냥한 사람이었나요? 얼마나 빠르게 당신은 '사람의 고양이'라는 태도를 포기하고 '고양이의 사람'이 되었나요? 이런 물음 앞에서 대개 환한 얼굴을 갖게 되는 사람, 그이가 바로 고양이의 친구, 고양이의 식구겠지요.

김신영 님의 사연

저는 열세살, 열네살이 된 고양이 두마리와 함께 삽니다. 사람 나이로 일흔이 넘은 고양이들의 생이 얼마 남지 않았다는 걸 예감하면서도 얼마 전, 응급실에 입원할 정도로 아픈 한 녀석을 보며 이대로는 보내주기 싫다고 생각했습니다. 언젠가 떠나보내야 하고, 이제 시간이 얼마 남지 않은 걸 잘 알면서도 마음을 비우기가 쉽지 않습니다. 특히 아픈 고양이들을 보고 있으면 하루라도 더 편히 살다 가게 해주고 싶은데, 시간이 원망스럽기만 합니다.

처방詩

고양이에게

이상교

고양이야,
옛날얘기 해 줄까?

야옹.

옛날 옛날에
엷은 노랑 바탕에
갈색 줄무늬 고양이가 한 마리 살았대.

야옹.

고양이는 두 귀가 쪼삣 올라가고
눈은 동그랗고
코는 촉촉, 입은 조그맣고
혓바닥은 얇디얇은 분홍 장미 꽃잎 같더래.

야옹.

고양이한테는
사람 친구 하나가 있었는데
둘은 보아도 자꾸 또 보고 싶더래.
잘 때도 꼭 붙어 자더래.

야옹.

그 친구가
누군지 알겠니?

야아옹!

처방전

고양이의 언어

어제는 오랜만에 친구들과 모여 앉아 수다를 떨었습니다. 우리는 지난겨울에 마지막으로 만났고, 각자 한 계절을 보낸 뒤라 서로 하고 싶은 말과 해야 할 말이 참 많았습니다. 환절기에 방심하다 지독한 감기에 걸려버린 이야기는 제가 꺼냈고, 한 친구가 휴학하고 사무보조 아르바이트를 시작했다고 하자, 휴학 중인 다른 친구는 '고급 인력'이라는 농담을 했습니다.

그러나 그날의 하이라이트는 뭐니 뭐니 해도 길고양이를 구조해 이름을 붙이고, 이제 막 '고양이의 언어'를 배워가고 있다는 친구의 상냥한 말들이었습니다. 그는 고양이에게 놀이기구를 사주고, 기쁘면 야옹 해보라며 말 걸고, 그 작고 앙증맞은 고양이가 정말 야옹 소리를 들려준 뒤로 마침내 자신이 '강아지의 사람'에서 '고양이의 사람'으로 바뀌었다는 생생한 증언을 들려주었습니다.

'냥냥이들'을 처음 만났을 때 당신은 얼마나 상냥한 사람이었나요? 얼마나 빠르게 당신은 '사람의 고양이'라는 태도를 포기하고 '고양이의 사람'이 되었나요? 이런 물음 앞에서 대개 환한 얼굴을 갖게 되는 사람, 그이가 바로 고양이의 친구, 고양이의 식구겠지요.

당신은 고양이의 언어를 몇가지나 알고 있나요? 저는 고양이 알레르기가 심해 한번도 고양이를 키워본 적이 없습니다. 그들의 언어를 하나도 알지 못하지요. 그래서 늘 고양이의 언어를 이해할 줄 아는 이들을 보면 눈빛이 초롱초롱해지곤 합니다. 고양이의 언어를 배웠더라면 저는 지금쯤 조금 더 상냥한 사람이 되어 있지 않았을까요? 저는 10년 넘게 두마리 고양이에게 귀 기울이고 그 말을 들어왔던 당신의 집사 시절이 축복받은 시간이었다고 믿어 의심치 않습니다. 현재의 행복이 곧 과거의 행복이며 미래의 행복이지요.

자신의 집에서 오랫동안 고양이를 키웠고, 길고양이들을 돌봤던 저의 짝꿍은 지금도 무지개다리를 건너 사라진 고양이가 꿈에 나올 때면 꿈 밖으로 나오지 않고 자꾸만 고양이의 언어를 사용하다가 눈물을 흘리고 맙니다. 우정에 관한 눈물은 그렇게도 멀리 번지고 흐르는 거겠지요. 인간이 인간 아닌 것에 정이 깊어지는 일은 어째서 벌어지는 걸까요. 그때 인간은 무엇을 확인하고 싶고 무엇을 확인하게 되는 걸까요.

짝꿍에게는 꿈의 내부에서도, 꿈의 바깥에서도 그 옛날 고양이가 늘 현재하는 고양이입니다. 육신이 없으나 지금, 여기 존재한다는 믿음, 그 믿음의 결정체를 우리는 영혼이라는 말로 부르는 거겠죠. 그러니까 당신은 곧 고양이의 영혼을 곁에 두고 다시 그 영혼과 대화할 수 있는 언어를 배우게 될 사람입니다. 야릇한 일이지요. 그런 걸 생각하면 고양이는 무척 끝없는 동물입니다.

장 그르니에가 쓴 「고양이 물루」라는 산문을 좋아합니다. 작가 자신이 키우던 고양이 '물루'의 삶이 담긴 글인데요, 짐승들의 세계는 '침묵과 도약'으로 이루어져 있다는 진술로 시작해 죽은 물루를 작가가 땅에 묻고 돌아서는 것으로 끝이 납니다. 물루가 묻힌 곳에 눈이 덮이는 것을 보고 장 그르니에는 돌아가 이삿짐을 쌉니다. 그때 그가 본 것은 물루의 침묵이었을까요? 도약이었을까요?

언젠가 당신은 고양이들이 조용히 엎드려 있던

자리를 보면서 하늘 끝까지 뛰어오른 두마리 고양이의 행복을 기원하게 될 겁니다. 생의 기쁨을 맛보겠지요. 네, 당신은 옛날 옛적에도, 지금도, 앞으로도 '고양이의 사람'입니다. 그러니 그저 고양이들 곁에 가서 말붙여보세요. 기쁘면, 야옹, 해봐. ●

용기의 씨앗

용기의 기원을 떠올리면 부드러운 과육에 둘러싸인 단단한 씨앗이 그려지곤 합니다. 마침표가 아니라 문요. 그 문을 열기 위해, 그 문을 열 용기를 가지기 위해 그 사람들은 얼마나 많이 주저했을까요. 그런 걸 생각하면 용기를 내기 위한 주저는 용기 밖의 일이 아니라 용기 안의 일이라는 생각이 듭니다. 그러니까 당신은 이미 용기의 씨앗을 가지고 있는 사람입니다. 그런 씨앗을 품고 있는 사람만이 빨개지는 귓불을 가지고 고개를 숙일 줄 알고 주먹을 꼭 쥘 줄도 압니다.

이풀 님의 사연

저는 요즘 용기에 대해 생각하고 있습니다. 용기를 내야 하는 순간마다 머뭇거리다가 결국엔 아무것도 못하게 됩니다. 새해부터는 용기 내는 것을 주저하지 않겠다고 다짐했으면서도 막상 닥치면 무력해지는 저를 볼 때마다 무거운 공기 덩어리를 목으로 삼키는 기분을 느낍니다. 볼과 귀가 붉어져서 집으로 돌아오는 내내 그 순간을 떠올리고 후회하면서 용기를 미루지 말아야지 다짐합니다. 용기를 내야 하는 순간에 주저하지 않으려면 어떻게 해야 할까요?

처 방 詩

씨앗

함민복

씨앗 하나
손바닥에 올려놓으면
포동포동 부끄럽다
씨앗 하나의 단호함
씨앗 한톨의 폭발성
씨앗은 작지만
씨앗의 씨앗인 희망은 커
아직 뜨거운 내 손바닥도
껍질로 받아주는
씨앗은 우주를 이해한
마음 한점

마음껏 키운 살

버려

우주가 다 살이 되는구나

저처럼

나의 씨앗이 죽음임 깨달으면

죽지 않겠구나

우주의 중심에도 설 수 있겠구나

씨앗을 먹고 살면서도

씨앗을 보지 못했었구나

씨앗 너는 마침표가 아니라

모든 문의 문이었구나

처방전

용기의 씨앗

우리는 언제 용기에 관하여 생각할까요. 한 사람이 그때 용기를 냈어야 했다고 후회하는 마음이란 어떤 마음일까요. 용기가 필요했던 순간에 용기를 냈던, 용기 내지 못했던 제 모습이 차례대로 머릿속에 그려집니다. 다양하고 넓군요, 용기의 영역은.

피로에 눌려 약속한 시간에 원고를 보내지 않고 잠들어버린 것이나(편집부 여러분 물의를 일으켜서 죄송합니다) 감기 몸살이 심한데도 병원에 가지 않고 버틴 일(짝꿍에게 미련하다는 잔소리를 들었습니다), 동료들과 1박 2일로 다녀온 여행은, 용감한 일이었습니다. 용감하지 못한 일도 있습니다. 지난 주말, 조금만 더 용감했다면 안전한 이불 속에서 나와 쓰레기 분리수거와 빨래를 했을 겁니다. 이런 것도 용기가 필요한 일인가, 이런 것도 용기의 영역에 포함해야 하는 건가 싶겠죠? 그러네요, 용기는 참 개인적인 건가 봅니다.

저는 용기가 부족한 사람입니다. 저는 때때로 불의에 맞서는 것이 두렵습니다. 아무리 용기를 내도 목소리는 떨리고 눈에는 눈물이 그렁그렁 맺히기도 하고요. 맞설 때보다 맞서고 난 뒤 입게 될 타격 같은 것들이 먼저 떠올라서 그만 피해버리고 맙니다. 애석하게도 그렇게 산 세월이 길어서 저는 이제 그런 성정을 지닌 사람이 되어버렸습니다.

하지만 저는 용기 있는 사람 곁에 서길 멀리하지 않는 사람이며, 불의의 맞서는 사람의 편이 되는 일이 두렵지 않습니다. 그런 사람의 뒤라면 반드시 그 뒤를 지키고 싶은 마음을 가지고 있습니다. 저는 용기의 범위에 이미 들어와 있는 사람입니다.

직진하는 용기를 가진 사람이 있고 우회하는 용기를 가진 사람이 있으며, 제자리걸음을 오래한 뒤에야 한 발을 내딛는 용기를 가진 사람도 있고 단번에 성큼성큼 뛰어가는 용기를 가진 사람도 있습니다. 혼자서도 우뚝 서는 용기를 가진 사람이 있고 여럿이서 바닥에 눕는 용기를 가진 사람도 있습니다.

최근 우리는 그 어느 때보다 용감한 여성들의 목

소리를 동시에 듣고 있습니다. 그들의 용기는 어디에서 어떻게 시작되었을까요. 그 용기의 기원을 떠올리면 부드러운 과육에 둘러싸인 단단한 씨앗이 그려지곤 합니다. 마침표가 아니라 문요. 그 문을 열기 위해, 그 문을 열 용기를 가지기 위해 그 사람들은 얼마나 오래 주저했을까요. 그런 걸 생각하면 용기를 내기 위한 주저는 용기 밖의 일이 아니라 용기 안의 일이라는 생각이 듭니다. 그러니까 당신은 계속해서 용기의 씨앗을 가지고 있던 사람입니다. 그런 씨앗을 품고 있는 사람만이 빨개지는 귓불을 가지고 고개를 숙일 줄 알고 주먹을 꼭 쥘 줄도 압니다.

언젠가 어느 자리에서 자신의 애칭을 '풀'이라고 소개하던 이가 있었습니다. 그날 그이는 사람들에게 작은 비밀을 하나 털어놓았습니다. 비밀을 여는 것은 얼마나 큰 용기를 필요로 하는 일인가요! 사랑의 비밀을, 아주 환하게 웃으며 말하는 한 사람의 모습이 참 용기 있어 보였습니다. 여러분한테만 특별히 말한 거예요,라며 이야기를 마치던 그이 덕분에 그 자리에 있던 이들이 모두 힘 있는 자들이 되었다는 것은 안 비밀. 그러고 보면 용기를 내는 일이란 또한 사람을 살리는 일이 아닌가 싶습니다.

자, 이제 용기가 좀 나시죠? ●

먼나무는 멀리 있지 않습니다

하지만 모두가 가까이 있는 것만을 보려고 했다면 망원경은 만들어지지 않았을 테고, 별과 별을 이어 별자리를 상상한 이도 없었을 테고, 모험을 시작하기 위한 지도 또한 생겨나지 않았을 겁니다. 달이 등장하지 않는 시의 목록은 얼마나 심심한 것이었을까요. 인생의 어느 순간에는 먼 곳에서 더 가까운 나를 찾기도 하는 법입니다. 당신 자신을 먼나무 한 그루라고 생각해보는 건 어떨까요?

고민주 님의 사연 ─

저는 제주도에 사는 고등학생입니다. 제주는 시내 인문계를 들어가기 위해선 연합고사를 보고 내신을 포함한 점수가 커트라인보다 높아야만 하는데요. 중학교 때는 시내 인문계만 입학하면 다 끝나는 것이라고 생각했습니다. 하지만 힘겹게 들어온 인문계 생활은 예상과 달리 더 막막해졌습니다. 고교 생활이야말로 대학 진학과 밀접하게 연결되어 있다는 생각에 부담은 커지고 계속해서 스트레스가 쌓입니다. 잘 나오지 않는 성적은 의욕을 사그라지게 하고 자존감을 무너뜨리는 등 다양하게 저를 괴롭혔습니다. 어느 날은 이런 생활이 너무 힘들고 싫어서 학교에서 하루 종일 울기만 했습니다. 진심 어린 위로를 건네주는 친구들의 말도 귀에 들어오지 않고 다 흘려보내기만 합니다. 부모님과 상의해볼까도 생각했지만 언니의 사춘기 때 너무 힘들어하던 부모님을 지켜본 저로서는 쉽게 고민을 털어놓기 어렵기만 합니다. 결국 요즘은 그냥 괜찮은 척, 더 밝은 척하며 주변의 걱정스러운 시선들을 견디고 있습니다. 그럴수록 더 힘들지만 그래도 마땅한 방법이 없어서 참고 인내합니다. 지금은 견딜 수 있지만 앞으로는 어떻게 해야 할지 모르겠습니다. 너무 막막합니다.

처 방 詩

그 머나먼

진은영

홍대 앞보다 마레 지구가 좋았다

내 동생 희영이보다 앨리스가 좋았다

철수보다 폴이 좋았다

국어사전보다 세계대백과가 좋다

아가씨들의 향수보다 당나라 벼루에 갈린 먹 냄새가 좋다

과학자의 천왕성보다 시인들의 달이 좋다

멀리 있으니까 여기에서

김 뿌린 센베이 과자보다 노란 마카롱이 좋

았다

더 멀리 있으니까

가족에게서, 어린 날 저녁 매질에서

엘뤼아르보다 박노해가 좋았다

더 멀리 있으니까

나의 상처들에서

연필보다 망치가 좋다, 지우개보다 십자나사못

성경보다 불경이 좋다

소녀들이 노인보다 좋다

더 멀리 있으니까

나의 책상에서

분노에게서

나에게서

너의 노래가 좋았다
멀리 있으니까

　기쁨에서, 침묵에서, 노래에게서

혁명이, 철학이 좋았다
멀리 있으니까

　집에서, 깃털 구름에게서, 심장 속 검은 돌에게서

처방전

먼나무는 멀리 있지 않습니다

한번은 제주에 갔다가 '먼나무'라는 나무를 알게 되었습니다. 먼나무는 바닷가 숲에 자라는 늘 푸른 키 큰 나무로, 거의 반년에 걸쳐 붉은 열매를 매달고 있습니다. 먼나무가 그 긴 시간 동안 열매를 매달고 있는 이유는 새들에게 겨우살이에 필요한 먹을거리를 제공하고 그 새들을 통해 씨앗을 더 멀리 퍼뜨리기 위해서라고 해요. 제주 전역에서 짙푸른 잎 사이에 붉은 열매를 매단 나무를 볼 수 있는 데는 다 그만한 이유가 있었던 겁니다.

먼나무를 처음 보고는 수첩 한쪽에 이름을 적어 두었습니다. '한겨울 섬에 먼나무 한 그루, 새들이 찾아와 섬이 외롭지 않았네'라는 구절을 썼으나 미완성으로 두었습니다. 언젠가는 가까이 있으나 멀리 있는 나무에 관하여 쓰게 되리라, 마음먹었습니다. 그래요. 때론 가까이 있어 선명한 것보다 멀리 있어 희미한 것을 좇는 삶의 여정도 필요한 법입니다.

가까이에서 정답을 찾으라고 말하는 이들에게 둘러싸여 있나요? 오답이 아니라 정답만이 인생의 항로를 결정해줄 수 있다고 배우고 있나요? 매사 흐리멍덩한 사람보다 약삭빠른 사람이 되어야 한다고 듣고 있나요? 하지만 모두가 가까이 있는 것만을 보려고 했다면 망원경은 만들어지지 않았을 테고, 별과 별을 이어 별자리를 상상한 이도 없었을 테고, 모험을 시작하기 위한 지도 또한 생겨나지 않았을 겁니다. 달이 등장하지 않는 시의 목록은 얼마나 심심한 것이었을까요. 인생의 어느 순간에는 먼 곳에서 더 가까운 나를 찾기도 하는 법입니다. 당신 자신을 먼나무 한 그루라고 생각해보는 건 어떨까요?

만약, 그렇게 생각하는 단계까지 나아갔다면 다음은 이렇게 하는 겁니다.

누구에게라도 좋으니 자신의 마음과 가까이 있는 말을 들려주세요. 지금 내 마음의 한복판에서 벌어지고 있는 일을요. 몸의 소란스러움은 굳이 말하지 않아도 누구나 알게 되지만, 마음의 소란스러움은 말하지 않으면 누구도 알지 못합니다. 당신이 필요로 하는 사람이 당신을 위해 필요할 준비가 되어 있는 사람이라고 믿어보세요. 나는 지금 어둡고 나는 지금 괜찮지 않습니다, 이런 말은 누구에게나 익숙하고 가까운 말입니다. 운 좋게도 곁에 있는 이들에게 이런 말을 털어놓게 되었다면, 이제 다시 답을 찾아보는 겁니다. 스스로가 정해놓은 자신만의 책상에서요. 슬픔에서요. 분노에서요. 그리고 써보는 겁니다. 기쁨을요. 침묵을요. 나를요. 나는 더 멀리 가고 싶다. 그렇게 아름답게 당신이라는 시는 시작됩니다. ●

엄마라는 말

엄마,라는 말은 왜 가만히 있지 못하는 걸까요? 엄마라고 불리는 사람은 그게 누구라도 왜 늘 가까이 붙어 있는 사람처럼 여겨질까요? 엄마라는 말 앞에서 어떤 이가 한밤중 휘청하지 않고, 엄마라는 두 글자를 손에 쥐고 힘겹지 않을까요. 엄마라는 말과 싸우지 않는 이가 없고, 엄마라는 말과 화해하지 않는 이가 없으며 엄마라는 말이 가진 신비를 깨친 자도 없을 겁니다.

주연아 님의 사연 ㅡ

엄마를 위해 사연을 씁니다. 우리 가족은 작년 여름 이후 큰 슬픔을 겪고 있습니다. 다정한 우리 오빠가 갑작스러운 사고로 이 세상을 떠났기 때문이에요. 항상 최선을 다하고, 열심히 일하면서 힙합으로 성공하겠다는 꿈을 이루기 위해 정말 많은 곡을 썼는데……. 이루 말할 수 없는 슬픔이 가시지를 않습니다.

언젠가 다시 만날 거라 믿고 살아가지만, 엄마의 큰 고통과 슬픔 앞에서 제가 할 수 있는 일은 오빠와 부모님을 위해 기도하는 것뿐입니다. 우리 가족의 시간은 아직 작년 여름에 멈춰 있는 것 같습니다. 엄마가 '시요일'을 보시더라고요. 그래서 사연을 신청합니다. 엄마에게 여러 말보다 시 한편이 큰 위로가 될 수 있다면 좋겠습니다.

처 방 詩

어머니라는 말

이대흠

어머니라는 말을 떠올려보면
입이 울리고 코가 울리고 머리가 울리고
이내 가슴속에서 낮은 종소리가 울려나온다

어머니라는 말을 가만히 떠올려보면
웅웅거리는 종소리 온몸을 물들이고
어와 머 사이 머와 니 사이
어머니의 굵은 주름살 같은 그 말의 사이에
따스함이라든가 한없음이라든가
이런 말들이 고랑고랑 이랑이랑

어머니라는 말을 나직이 발음해보면
입속에 잔잔한 물결이 일고
웅얼웅얼 생기는 파문을 따라
보고픔이나 그리움 같은 게 고요고요 번진다

어머니라는 말을 또 혀로 굴리다보면
물결소리 출렁출렁 너울거리고
맘속 깊은 바람에 파도가 인다
그렇게 출렁대는 파도소리 아래엔
멸치도 갈치도 무럭무럭 자라는 바다의 깊은 속내
어머니라는 말 어머니라는

그 바다 깊은 속에는
성난 마음 녹이는 물의 숨결 들어 있고
모난 마음 다듬어주는
매운 파도의 외침이 있다

처방전

엄마라는 말

"엄마를 위해 사연을 씁니다."라는 문장에 오래 붙들려 있었습니다. 엄마를 위하여,라고 써 있지만 저는 어쩐지 엄마의 자식인 당신도 위해줄 사람이 아닌가 하는 생각을 하였습니다. 엄마의 고통과 슬픔을 위해 기도할 줄 아는 사람은 자신의 큰 슬픔방울을 남들이 보지 않는 곳에서 톡톡 터뜨려버리는 사람일 테니까요. 그렇지 않나요?

엄마의 자식인 당신에게 물어보고 싶습니다. 그리고 당신의 기도하는 두 손과 슬픔을 훔치는 두 손에 먼저 손수건을 쥐여주고 싶습니다. 의연해하지 말고 어른스러워하지도 말라고. 운다고 달라지는 일도 있습니다. 오빠라고 불리는 사람은 동생의 머리를 차근차근 쓰다듬어줄 줄 아는 사람. 그런 이유로 때때로 동생들의 슬픈 입은 오빠라는 말의 출몰을 즐거워합니다. 그렇지 않나요?

며칠 전, 유병록 시인이 쓴 산문을 보고 저는 살포시 위로받았습니다. "돌이켜 보면, 저는 그동안 위로가 멀리서 저에게 다가오는 것이라 생각하고 있었나봅니다. 제가 가만히 있으면 저절로 그것이 다가와야 한다고 믿었나봅니다."라는 말끝에 시인은 더는 위로를 기다리지 말고 위로를 찾아 나서는 건 어떠냐고 물어옵니다. 어떤 물음은 가장 현명한 대답 같은 것이어서 재빨리 고개를 끄덕이게 됩니다. 위로는 기다리는 게 아니라 찾아 나서는 거로구나. 한 사람에게 안부를 묻게 되었습니다.

엄마의 안위를 걱정하는 당신은 위로를 적극적으로 찾아 나선 사람일 겁니다. 위로를 받고 위로를 주기 위해서요. 그렇다면 엄마는 위로를 주는 사람일까요, 받는 사람일까요.

엄마와 자식이 서로에게 보이지 않고 꼭꼭 숨기려고만 하는 슬픔방울을 어떻게 물거품이 되게 할까, 그럴 만한 시가 뭐가 있을까 고민하다보니 깨달은 게 있습니다. 어떤 시인의 시가, 어떤 시인의 말이 엄마, 우리 새끼,라는 호명보다 더한 기쁨의 원천을 만들 수 있을까요. 오늘만큼은 아마도 당신의 사연이 시이고, 처방전일 거라고 저는 믿습니다. 저는 무력합니다.

엄마,라는 말은 왜 가만히 있지 못하는 걸까요? 엄마라고 불리는 사람은 그게 누구라도 왜 늘 가까이 붙어 있는 사람처럼 여겨질까요? 엄마라는 말 앞에서 어떤 이가 한밤중 휘청하지 않고, 엄마라는 두 글자를 손에 쥐고 힘겹지 않을까요. 엄마라는 말과 싸우지 않는 이가 없고, 엄마라는 말과 화해하지 않는 이가 없으며, 엄마라는 말이 가진 신비를 깨친 자도 없을 겁니다. 엄마에게도 엄마가 있다는 사실을 우리는 종종 잊지요.

궁금합니다. 언제부터 자식들은 엄마라는 말 대신에 어머니라는 말을 쓰게 되는 걸까요. 괜히 어른스러워하고 싶을 때부터 그러는 건지. 한번 엄마면 엄마지 엄마를 어머니가 되게 하고 어머니를 어머님이 되게 하는 자식들의 소갈머리란 대체 어떤 소갈머리일까요. 오늘은 어머니라는 말을 모두 엄마라는 말로 바꿔 부르고 싶습니다. 산뜻하니 위로하고 싶습니다.

엄마. 오빠가 그립지요. 저도 오빠가 그립습니다. 오빠와 함께 새로운 여름에 휴가를 가서 불판에 고기를 구워 먹고 돌아오면 참 좋겠지요. 언젠가 그랬던 것처럼. 그러나 엄마, 오빠의 여름은 그곳에서 또 얼마나 싱그러울까요. 아무 걱정도 없이 얼마나 게으름뱅이처럼 천하태평일까요. 그런 걸 생각하면 엄마, 우리의 여름도 그 어느 때보다 찬란히 부서지는 파도를 가져야 할 것 같습니다. '무럭무럭 출렁출렁 고랑고랑 이랑이랑' 살면서요. 엄마, 엄마를 생각하세요. 저도 엄마를 생각하겠습니다. ●

여름

모든 사랑은 다르다

더딘 속도로 이루는 사랑은 그런대로 재미가 있고, 빠른 속도로 이루는 인권 또한 그런대로 의미가 있습니다. 그러므로 당신의 사랑을 누군가가 허하고 허하지 않도록 내버려두지 마세요. 누군가의 축복과 저주가 당신의 사랑을 좌지우지하지 않게 하세요. 당신의 사랑은 두 사람의 것입니다. 두 사람만이 두 사람의 사랑을 정치할 수 있습니다.

rosefantasma 님의 사연 —

저는 남자를 좋아하는 남자입니다. 저는 한 사람을 좋아하는 보통 사람입니다. 그러나 제 주변도, 이 세상도 그런 사람은 보통이 아닌 비정상으로 분류합니다. 저에게 사람을 사랑하는 가장 기본적인 것을 비정상이라고 분류하는 세상에서 혹여 작가님이 주실 처방전은 없을까요. 그저 따뜻함을 느끼고 사랑하는 이와 주변의 축복 속에 인정받으며 지낼 수 있는 것은 동성애자인 저에게는 꿈같은 것일까요.

처방詩

강

도종환

가장 낮은 곳을 택하여 우리는 간다

가장 더러운 것들을 싸안고 우리는 간다

너희는 우리를 천하다 하겠느냐

너희는 우리를 더럽다 하겠느냐

우리가 지나간 어느 기슭에 몰래 손을 씻는 사람들아

언제나 당신들보다 낮은 곳을 택하여 우리는 흐른다.

처방전

모든 사랑은 다르다

결론부터 말하겠습니다.

아니요. 당신의 사랑은 처음부터 있는 그대로 축복받은 사랑입니다.

얼마 전 친구와 함께 퀴어문화축제에 다녀왔습니다. 친구는 사랑하는 사람과 결혼하여 아이를 낳아 키우는 사람으로서 그곳에 '함께 서는 사람'이고자 했습니다. 뜨거웠습니다. 그날 그 볕 아래에서 저와 제 친구는 연신 땀을 닦아가며 '군형법 92조의 6' 폐지를 촉구하는 이들과 「매드맥스: 분노의 도로」를 콘셉트로 해 분장한 여성단체 사람들, '암스테르담 레인보우 드레스' 앞에서 세상 예쁜 표정으로 사진을 찍는 젊은 이들을 목격했습니다. 밝은 미래를 눈앞에 두고 있던 셈이지요. 모두 위대해 보였습니다. 그 얼굴은 그 옛날 제가 감히 꿈꾸던 것이었습니다. 미래였지요.

텔레비전 만화영화 「2020년 우주의 원더키디」를 보면서 제가 상상한 미래와 지금은 달라도 아주 다릅니다. 문명의 발전이란 빠르다고 생각하는 것보다 더딥니다. 그러나 그때는 제가 상상조차 할 수도 없던 '퀴어문화축제'는 이미 광장에서 벌어지고 있습니다. 인권 신장은 느리다고 생각하는 것보다 빠릅니다. 인권이란 결국 너의 존엄을 나의 존엄으로 여기는 '사랑의 행위'겠지요.

인생은 방향이지 속도가 아니라는 말이 있습니다. 인생 대신에 인권이나 사랑을 넣어보면 어떨까요. 당신은 이미 사랑의 방향을 세운 사람이지요. 그렇다면 속도는 상관이 없습니다. 더딘 속도로 이루는 사랑은 그런대로 재미가 있고, 빠른 속도로 이루는 인권 또한 그런대로 의미가 있습니다. 그러므로 당신의 사랑을 누군가가 허하고 허하지 않도록 내버려두지 마세요. 누군가의 축복과 저주가 당신의 사랑을 좌지우지하지 않게 하세요. 당신의 사랑은 두 사람의 것입니다. 두 사람만이 두 사람의 사랑을 정치할 수 있습니다.

괜찮다면 오늘은 이런 글을 꼭 덧붙이고 싶습니다.

한 정치인이 스스로 죽음을 선택했습니다.

그는 2018년 1월 28일 국회의원 가운데 처음으로 '차별금지법안'을 대표 발의했습니다. "성별, 장애, 병력, 인종, 신체조건, 혼인 여부, 임신 또는 출산, 나이, 성적 지향, 성별 정체성 등을 이유로 한 정치적·사회적·문화적 생활의 모든 영역에서 합리적인 이유 없는 차별을 금지하자."라는 내용이었지요. 그가 꿈꾼 처음은 어떤 것이었을까요? 그가 꿈꾸던 내일은 어떤 미래였을까요? 그가 꿈꾸던 미래의 사랑은 어떤 사랑이었을까요? 그가 꿈꾸던 사람답게 사는 세상은 어떤 세상이었을까요?

그는 한 인터뷰에서 "같은 꿈을 꾸는 사람이 많으면 현실이 된다."라고 말했습니다. 이런 말은 얼마나 어렵지 않게 사람을 설득하는 말인가요. 얼마나 무겁지 않게 사람을 살아 있게 하는 말인가요. 그러나 이 말에서 느껴지는 어려움과 무거움을 우리는 모르지 않습니다. 그 처음의 무게를 기꺼이 어깨에 짊어지고 자신이 꿈꾸던 세상을 향해 천천히 걸어나가는 사람. 저는 그런 사람만이 이런 비유를 떳떳하게 할 수 있다고 생각합니다.

'오래된 불판에 삼겹살을 구워 먹으면 시커멓게 됩니다.'

저는 오늘 고인의 명복을 빌면서, 그에게서 받은 축복을 떠올리면서 슬픔에 잠겼습니다……. "강물은 아래로 흘러갈수록 그 폭이 넓어집니다."라는 그의 말을 빌려 당신에게 청유하고 싶습니다. 꿈은 아래로 흘러갈수록 넓어집니다. 우리 같이 흘러가요. 이때, 우리가 향하는 아래란 어떤 곳일까요. 아마도 모두 다른 곳이겠지요. 모든 사랑은 다른 방향으로 흘러가 한 곳으로 모이는 강물 같은 것이 아닐까요. 당신의 사랑을 당신이 꿈꾸는 세계로 흘려보내면 좋겠습니다. 고여 있지 않도록. 당신의 사랑이 역사적인 것이 되도록요. 그때 당신은 현재의 사랑을 이루는 미래의 사람이 될 겁니다. 누군가의 인정 같은 건 필요 없이 당신 혼자서, 당신의 내면에서 스스로 씩씩하게! ●

내 아이 돌미래에게

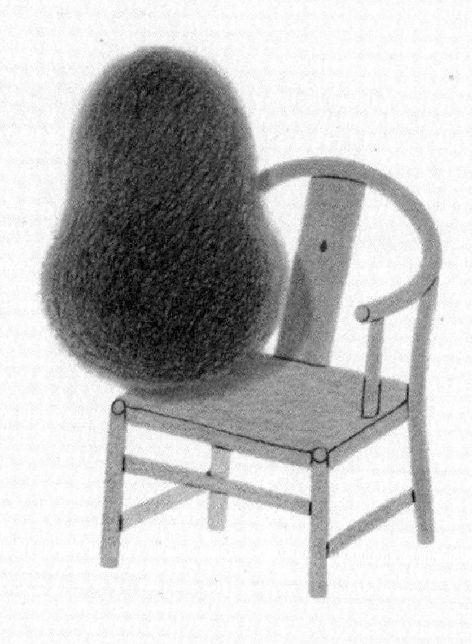

네, 오래 생각하지 않아도 나와 함께 나이 먹어가는 아이돌이 있다는 건 어른의 세계에서 얻게 되는 가장 소박하고 역사적인 행복 중 하나입니다. 나와 나의 우상의 어깨 위로 켜켜이 쌓이는 시간의 두께를 계속해서 확인하는 일이란 팬으로서 누리는 호사겠지요. 최진실이 출연하는 새로운 영화나 드라마에 관해 친구에게 계속해서 이야기할 수 있었더라면 저는 조금 더 아이돌의 자장 안에 머물러 있었을 겁니다. 흔쾌히 십대의 표정을 지어 보이면서요.

홍유선(<다니엘이 모<) 님의 사연

저는 지금 아이돌 강다니엘을 너무 좋아해요. 가끔 제 일에 소홀해질 만큼이나요. 그래서 그만하고도 싶지만 그게 또 마음대로 잘 안되네요, 점점 더 좋아질 뿐……. 어떻게 해야 할까요?

처 방 詩

내 애완돌 미래에게

김애란

나는 네가

이제는 잠에서 깨어나

기지개를 켜며 일어났으면 좋겠어

자면서 꾸는 꿈은

이루어지지 않는

꿈일 뿐이잖아

일어나서

재잘재잘 떠들어 대고

깔깔거리며 웃었으면 좋겠어

속마음 털어놓지 않고

혼자 끙끙 앓는 건

외롭잖아

무지 외롭잖아

말 없는 너도 나한테

이렇게 말하고 있지?

난 다 알아

내 맘 같은 네 마음

처방전

내 아이돌 미래에게

학창 시절 저의 유일한 아이돌은 최진실이었습니다. 이 배우를 얼마나 좋아했느냐 하면, 미용실에 비치된 패션 잡지에서 그녀의 화보를 몰래 찢어 와 코팅해 들고 다닐 정도였습니다. 그렇게 앞뒤가 없었습니다. 좋아하는 마음이 두근두근 앞서서 책을 찢는 죄책감 같은 건 까마득히 뒷전으로 밀어두었습니다. 그렇게 열렬했습니다, 한때는.

졸업하고 대학에 가고 사회인이 되면서 아이돌을 향한 팬심은 조금씩 사그라졌지만, 최진실도 더는 캔디 같은 여주인공이 아니라 뽀글이 파마에 콩나물을 다듬고 살림과 육아와 직장 생활을 병행하는 이들의 고달픔을 대변할 줄 아는 인물이 되어갔지만, 저는 저의 아이돌과 한 세월을 함께 보내고 있다는 사실을 참 근사하게 여겼습니다. 그 또한 스타와 팬 사이의 즐거움이라고 믿었던 거죠. 그리고 어느 날, 저의 아이돌은 더는 저와 함께 나이를 먹지 못하게 되었습니다.

그가 조금 일찍 세상을 등졌을 당시보다 어떤 드라마를 보다가 저 역할은 최진실이 더 잘 어울렸을 것 같다는 생각이 들 때, 슬퍼졌습니다. 마치 오래 알던 친구가 지금 더는 곁에 없는 것처럼 그랬습니다. 누군가에게 한순간 마음을 열었다가 오래 그 문을 열어둔 채로 지내는 것을 우리는 우정이라고 부르기도 합니다. 최진실을 향한 저의 문은 그러니까 한번도 닫힌 적이 없습니다. 우정이란 눈앞의 산물만은 아니지요.

제 친구 얘기를 덧붙여봅니다.

본인의 노동으로 가정경제를 일구며, 결혼해 튼실한 가정을 꾸린 친구는 지금도 클릭비 멤버들을 '오빠'라고 부릅니다. 데뷔 몇주년을 기념하는 팬 미팅에도 흔쾌히 참여하고요, 학창 시절 오빠들을 따라 '공방(공개방송)'을 뛰었다는 이야기를 할 때면 친구의 얼굴은 십대의 표정으로 돌아가곤 합니다. 앞뒤도 없는 두근두근한 얼굴을 하는 것이죠. 오빠들을 가까이에서 보기 위해 '아빠 잔스'를 사용했다고 회상하는 친구의 천진한 얼굴은 우리에게 아이돌이 필요한 이유에 관한 증거처럼 보이기도 합니다. 우정이란 눈앞에 너를 가까이 두고 싶다는 것이지요.

오래 생각하지 않아도 나와 함께 나이 먹어가는 아이돌이 있다는 건 어른의 세계에서 얻게 되는 가장 소박하고 역사적인 행복 중 하나입니다. 나와 나의 우상의 어깨 위로 켜켜이 쌓이는 시간의 두께를 계속해서 확인하는 일이란 팬으로서 누리는 호사겠지요. 최진실이 출연하는 새로운 영화나 드라마에 관해 친구에게 계속해서 이야기할 수 있었더라면 저는 조금 더 아이돌의 자장 안에 머물러 있었을 겁니다. 흔쾌히 십대의 표정을 지어 보이면서요. 지금 당신은 근사한 미래의 표정을 설계하고 있는 셈입니다. 잠시 마음대로 되지 않는 마음으로 마음을 다해 아이돌과 우정을 키워나가도 괜찮아요. 우리의 덕질은 다 큰 어른들의 생각처럼 많은 걸 해치지 않습니다. 그러므로 그 긴 우정의 시간을 위해 소원하고 청유해보는 겁니다. '우리의 세월을 위해 아프지 말고 오래도록 활동해주세요. 저도 아프지 않고 오래도록 사모하겠습니다.' 우정이란 건강의 산물만은 아니지만, 건강 앞에서 정직합니다.

이쯤 되면 이런 생각이 들 겁니다(들었으면 좋겠습니다). 그렇게 긴 우정의 시간이 우리에게 남아 있다면 오늘 하루는 나의 건강과 우정과 생활을 위해 써보자. 다가올 나의 미래를 상상해보는 겁니다. 일테면, 할머니 할아버지가 되어서도 할머니 할아버지가 된 아이돌을 응원하는 일은 얼마나 흥미진진할까요. 아이돌의 미래란 팬의 미래입니다.

오늘 친구에게 넌지시 물어보았습니다. 함께 나이 들어가는 클릭비 오빠들을 볼 때 어떤 기분이 듭니까. "우리 오빠들은 나이가 들어도 멋있구나!" 자, 이게 바로 당신의 미래입니다. 어때요, 기대되지 않습니까? ●

기쁠 때나 슬플 때나
우정은 검은 머리 파뿌리

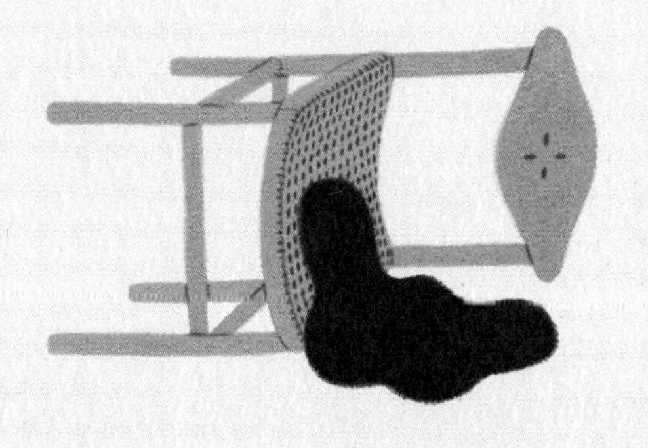

우정이란 그의 집에 찾아온 슬픔을 내 집으로 불러들이는 거군요. 또한 우정이란 내 집으로 찾아온 기쁨을 그의 집으로 돌려보내는 것이기도 할 겁니다. 우정을 쌓는다는 건 기쁨의 모래성을 짓는 일이 아니라 슬픔의 모래성을 짓는 일. 기쁨의 파도가 밀려오면 자연히 스르륵 무너져버리고 마는 것을요. 기쁨의 파도만이 철썩이는 텅 빈 해변보다는 두 사람의 분주한 손장난으로 세워졌다 무너졌다 하는 우정의 풍경이 훨씬 더 풍요롭습니다. 우정은 기쁨의 산물이 아니라 슬픔의 특산물일 겁니다.

강신애 님의 사연 —

저는 공무원 시험을 준비 중인 이십대 후반의 공시생입니다. 공부하느라 친구들을 거의 못 만나고 있는데요. 얼마 전 외국에 살고 있는 절친한 친구가 왔어요. 하도 오랜만이라 저도 마음 같아서는 한국에 머무는 동안 자주 만나서 놀고 수다도 떨고 싶었지만, 서로 시간도 맞지 않고 저 또한 시간을 오래 내지 못해서 겨우 식사 한 끼를 한 게 다였어요. 친구는 안 그런 척했지만 내심 할 말도 많고 같이 놀러도 가고 싶었을 텐데 저를 배려한다고 군말 없이 이해해주려는 게 보여서 많이 미안했어요. 친구는 곧 떠날 시간이 다가오는데요. 작은 선물과 편지, 그리고 평소 시 읽는 걸 좋아하는 친구를 위해 시 한편을 함께 써서 선물로 주고 싶습니다. 음, 고마운 마음이 담긴 시도 좋을 거 같은데 어떤 시를 줘야 좋을지 한참을 고민하다 사연을 올려봅니다.

정미네

신미나

장마 지면 정미네 집으로 놀러 가고 싶다 정미네 가서 밍크이불을 덮고 손톱이 노래지도록 귤을 까먹고 싶다 김치전을 부쳐 쟁반에 놓고 손으로 찢어 먹고 싶다

새로 온 교생은 뻐드렁니에 편애가 심하고 희정이는 한뼘도 안되는 치마를 입는다고 흉도 볼 것이다 말 없는 정미는 응 그래, 싱겁게 웃기만 할 것이다

나는 들여놓은 운동화가 젖는 줄도 모르고 집에 갈 생각도 않는다 빗물 튀는 마루 밑에서 강아지도 비린내를 풍기며 떨 것이다

불어난 흙탕물이 다리를 넘쳐나도 제비집처럼 아늑한 그 방, 먹성 좋은 정미는 엄마 제사 지내고 남은 산자며 약과를 내올 것이다

처방전

기쁠 때나 슬플 때나 우정은 검은 머리 파뿌리

미스터리합니다.

오늘 아침에는 가장 가까운 친구가 물끄러미 저를 바라보는 게 아니겠습니까. 왜 그러니, 물었더니 갑자기 슬픈 생각이 든다고 하였습니다. 친구에게 까불지 말라고, 아침에는 슬픔에게 자리를 양보해선 안 된다고 말해주었습니다. 친구가 말갛게 웃는 게 보기 좋았죠. 이번에는 친구의 웃는 얼굴을 제가 물끄러미 보았습니다. 갑자기 슬픈 기분. 친구는 왜 아침부터 슬픈 생각에 빠졌던 걸까. 제가 그만 슬픔에게 자리를 양보해주고 말았습니다. 우정이란 그의 집에 찾아온 슬픔을 내 집으로 불러들이는 거군요. 또한 우정이란 내 집으로 찾아온 기쁨을 그의 집으로 돌려보내는 것이기도 할 겁니다.

우정을 쌓는다는 건 기쁨의 모래성을 짓는 일이 아니라 슬픔의 모래성을 짓는 일이지요. 기쁨의 파도가 밀려오면 자연히 스르륵 무너져버리고 마는 것을요. 기쁨의 파도만이 철썩이는 텅 빈 해변보다는 두 사람의 분주한 손장난으로 세워졌다 무너졌다 하는 우정의 풍경이 훨씬 더 풍요롭습니다. 우정은 기쁨의 산물이 아니라 슬픔의 특산물일 겁니다. 제 친구는 오늘 아침 자신과 가장 가까운 친구와 슬픔과 기쁨을 함께 공유하고 싶은 심사였겠지요. 어서 내 슬픔의 모래성을 허물어다오.

며칠 전에는 외국에 살고 있는 친구에게 한밤 띄엄띄엄 네번씩이나 전화를 걸었습니다. 제가 시작한 일이었습니다. 미스터리했습니다. 노래를 듣다가 그랬습니다. 제가 친구에게 권해준 노래가 나와서 발신, 친구가 제게 권해준 노래가 나와서 발신, 친구와 제가 자주 함께 따라 부르던 노래가 나와서 발신, 친구와 제가 모두 좋아하지만 친구보다는 제가 조금 더 잘 부를 자신이 있는 노래가 나와서 발신하였습니다. 다음 날 저는 요란한 짓을 벌였어,라고 기억했고요. 친구는 덕분에 기쁜 밤이었어,라고 기억했습니다. 우정은 발신과 수신으로 이루어져 있는 거군요. 우정은 지금, 여기에서 당장 흥이 나는 것이기도 하지만, 미래에서 과거형의 문장으로 흥을 완성하기도 하는 겁니다. 그런 이유로 오랜만에 만난 친구와의 수다는 늘 시간을 폴짝폴짝 뛰어넘지요. 이상해. 시간이 벌써 이만큼이나 지났어.

'우정'이라는 말을 사유하기도 전에 서둘러 우정을 시작하던 우리의 모습을 그려봅니다. 우정에는 아직 숙맥인 이들이 우정을 쌓고 싶다고 말하기 쑥스러워 내뱉는 '같이 시험공부 할래?' '핫도그에 케첩만 발라, 케첩과 설탕을 같이 발라?' 같은 말들은 참 구체적이고 간략하지요.

우정을 시작하는 말이 있다면 우정의 눈매를 깊숙하게 하는 말들도 있습니다. 말하지 않아도 네가 나를 이해해주는 게 보인다, 너를 위해 작은 선물을 준비했어, 같은 말이 그렇죠. 네, 당신과 친구는 이미 우정 속에 깊숙이 들어와 있습니다. 말하지 않아도 슬픔을 쓰다듬을 줄 알고, 말할 수 없는 기쁨으로 고마움을 표현하려고 애씀으로써 두 사람은 이미 "아늑한 방"입니다. 우정은 방이로군요.

어느새 깊어져 더는 우정이라는 말을 되돌아볼 필요도 없어진 사이가 된 친구에게 저라면 이런 단순한 메시지를 전하고 싶습니다. '너희 집에 놀러 가고 싶다.'

미스터리합니다. 친구와는 뭐가 그렇게 하고 싶고 해야 할 게 많은 걸까요. 곧 두 사람도 쓰게 될 겁니다. 그때 시험 준비하느라 제대로 못 놀았으니까 이번에는 확실히 놀자. 놀러 와,라는 우정의 기승전결을요. 그러고 보면 사랑보단 우정이 진심으로 검은 머리 파뿌리까지로군요. ●

모든 이별은 옳다

제가 몇번의 '첫 이별'을 통해 알게 된 사실은 우리는 이별할 때 비로소 하나의 연애를 완결하게 된다는 겁니다. 두 사람이 한 채의 집을 쌓아 올리는 것도, 그 집을 허물어 상대방이 챙겨 가지 않는 벽돌을 하나씩 들고나오는 것도, 그 벽돌만 한 마음의 구멍을 창문 삼아 나와 타인의 마음을 내다보기 위해서지요. 마음이 벽돌 같던 순간과 마음에 벽돌이 떨어진 순간과 마음의 벽돌을 바라보는 순간과 마음의 벽돌이 사라진 곳을 쓰다듬는 순간이 '그래봤자, 첫'입니다.

나리 님의 사연 —

첫 남자친구와 오랜 연애 끝에 첫 이별을 택했습니다. 잘한 일이라고 스스로를 다독이지만, 간간이 찾아오는 마음 한구석 허한 감정은 어쩔 수가 없네요. 후회와 미련을 모두 떨쳐내고 꿋꿋이 홀로 설 수 있는 날이 곧 오겠죠? 씁쓸하고 아린 저의 마음을 위로해줄 수 있는, 그리고 힘을 얻을 수 있는 처방전이 필요해요!

처 방 詩

후두둑 나뭇잎 떨어지는 소리일 뿐

이제니

그래봤자 결국 후두둑 나뭇잎 떨어지는 소리일 뿐. 오늘부터 나는 반성하지 않을 테다. 오늘부터 나는 반성을 반성하지 않을 테다. 그러나 너의 수첩은 얇아질 대로 얇아진 채로 스프링만 튀어오를 태세. 나는 그래요. 쓰지 않고는 반성할 수 없어요. 반성은 우물의 역사만큼이나 오래된 너의 습관. 너는 입을 다문다. 너는 지친다. 지칠 만도 하다.

우리의 잘못은 서로의 이름을 대문자로 착각한 것일 뿐. 네가 울 것 같은 눈으로 나를 바라

본다면 나는 둘 중의 하나를 선택하겠다고 결심한다. 네가 없어지거나 내가 없어지거나 둘 중의 하나라고. 그러나 너는 등을 보인 채 창문 위에 뜻 모를 글자만 쓴다. 당연히 글자는 보이지 않는다. 가느다란 입김이라도 새어나오는 겨울이라면 의도한 대로 너는 네 존재의 고독을 타인에게 들킬 수도 있었을 텐데.

대체 언제부터 겨울이란 말이냐. 겨울이 오긴 오는 것이냐. 분통을 터뜨리는 척 나는 나지막이 중얼거리고 중얼거린다. 너는 등을 보인 채 여전히 어깨를 들썩인다. 창문 위의 글자는 씌어지는 동시에 지워진다. 안녕 잘 가요. 안녕 잘 가요. 나도 그래요. 우리의 안녕은 이토록 다르거든요. 너는 들썩인다 들썩인다. 어깨를 들썩인다.

헤어질 때 더 다정한 쪽이 덜 사랑한 사람이다. 그 사실을 잘 알기에 나는 더 다정한 척을, 척

을, 척을 했다. 더 다정한 척을 세 번도 넘게 했다. 안녕 잘 가요. 안녕 잘 가요. 그 이상은 말할 수 없는 말들일 뿐. 그래봤자 결국 후두둑 나뭇잎 떨어지는 소리일 뿐.

처방전

모든 이별은 옳다

그래봤자,라는 말 어쩜, 좋지요?

월요일 앞에 그래봤자를 붙이면 어쩐지 출근하는 발걸음이 가벼워지고, 무례한 사람 앞에 그래봤자를 붙이면 어쩐지 가벼이 능멸하는 기분이 듭니다. 사랑이라는 말 앞에 붙는 그래봤자는 한쪽으로 기울어진 연애의 추를 수평으로 돌아오게 만들고, 이별이라는 말 앞에서 그 말은 어떤 결심을 실행하게 합니다. 처음이라는 말 앞에 오는 '그래봤자'는 어떻게 기능할까요?

어제는 한 사람에게서 '연애는 한채의 집'이라는 말을 들었습니다. 그는 연애의 집을 허물기 전에 들고나와야 할 건 들고나와야 한다고 했습니다. 설령, 그것이 그 집에서 가장 쓸모없고 형용할 수 없을 만큼 추해서 아무도 탐내지 않는 것이라도 훗날 나에게 소중하게 남겨질 수 있다는 소리였습니다. '이별의 플러스 법칙'이랄까요. 마이너스라고 여겨지는 감정들이 결국에는 다음 연애의 플러스가 되게 마련이라는 것이지요. 제 지지난 연애들을 떠올렸습니다.

그 시절 저는 스스로를 아끼고 제 안에서 먼저 사랑을 키우기보다는, 제가 제 자신에게 주지 못한 사랑을 다른 이에게서 찾고자 했던 반쪽짜리 연애를 하는 인간이었습니다. 사랑을 주기만 하고, 사랑받지 못한다고 느끼는 순간에는 깊은 절망에 빠졌습니다. 나를 지키지 못하고 추해졌지요. 이미 마음이 떠난 사람에게 울며 빌며 매달렸습니다. "다정한 척"을 한 셈이지요.

그런 일을 겪고도 저는 또다시 연애를 했습니다. 이번에는 사랑을 받는 데에만 익숙한 사람이 되었습니다. 상대가 제게 잘할수록 상대를 조종할 수 있다 믿으며 사랑을 기만했습니다. 그건 상대에 대한 무례였지요. 결국에 저는 그 사랑에서도 중도 탈락했습니다. 넘어야 할 선과 넘지 말아야 할 선을 분간하지 못했죠. 연애가 정의로운 일이라는 것을 그때는 미처 알지 못했습니다. 연애가 한 쌍의 일이 아니라 두 사람의 일이라는 것을 차츰 알게 되었죠.

지금이라고 특별히 더 현명한 연애를 한다고 장담할 순 없지만, 적어도 이제 저는 저 자신을 연애의 주체로 생각하고 상대 역시 연애의 주체라는 것을 잊지 않으려고 노력하고 있습니다.

제가 몇번의 '첫 이별'을 통해 알게 된 사실은 우리는 이별할 때 비로소 하나의 연애를 완결하게 된다는 겁니다. 두 사람이 한채의 집을 쌓아 올리는 것도, 그 집을 허물어 상대방이 챙겨 가지 않는 벽돌을 하나씩 들고나오는 것도, 그 벽돌만 한 마음의 구멍을 창문 삼아 나와 타인의 마음을 내다보기 위해서지요. 마음이 벽돌 같던 순간과 마음에 벽돌이 떨어진 순간과 마음의 벽돌을 바라보는 순간과 마음의 벽돌이 사라진 곳을 쓰다듬는 순간이 '그래봤자, 첫'입니다.

너와 내가 허물고 치워버린 연애의 자리에 후두둑 떨어져 앉는 나뭇잎을 상상해보는 일은 그럴싸하지 않나요. 그때 내가, 네가, 듣는 소리는 이별의 시끄러운 소리가 아니라 사랑이 무심히 스쳐 지나가는 소리일 겁니다. 모든 이별은 옳아요. 모든 이별은, 옳아요. 모든 이별은 모든 사랑의 다름 아닙니다. ●

잘 쓰고 있나요

후회가 없는 헤어짐은 없지요. 우리는 무수한 이유와 근거로 모든 만남을 되돌아봅니다. 그때 우리를 한없이 깊은 생각에 잠기게 하는 건 무엇보다 후회라는 감정에서 비롯되는 것들이지요. 했으나 하지 말았어야 했던 일, 해야 했으나 하지 않은 일, 하고 싶었으나 할 수 없었던 일 같은 것들만이 머릿속을 맴돕니다. 누구나 다 그렇습니다. 그게 모든 남겨진 자들의 숙명이지요. 그러나 그 숙명적 행위는 매번 매 순간 아름다운 쪽으로 창을 여는 것이겠지요. 지나온 날들이 아니라 다가올 날들로요.

오재복 님의 사연 —

작년 9월, 제 아버지는 한마리의 나비가 되셨습니다. 하지만 고3인 저는 대학 원서, 수능, 자기소개서 등 저를 둘러싼 상황들로 슬픔에 잠길 틈도 없었습니다. 그저 슬픔에 잠기고 싶었습니다. 훨훨 잘 날아다니시라고, 보내드리고 싶었지만 그러지 못했습니다. 시간이 흐를수록 슬픔마저 희미해져가는 것 같았습니다. 그럴수록 죄책감은 커져만 갔습니다. 그래도 시간이 지나며 하나둘 해결되고 대학도 합격하고 한 학기가 지나 벌써 여름방학입니다. 하지만 9월이 다가올수록 잘 보내드리지 못했다는 자책 때문에 아버지를 제대로 마주할 자신이 없습니다. 이런 저를 위한 처방전이 있을까요.

처 방 詩

아들과 함께 보낸 여름 한철

이상국

아들과 천렵을 한다 다리 밑에서 웃통을 벗고
땀을 뻘뻘 흘리며 소주를 마시며

나도 반은 청년 같았다

이제서 말이지만 나는 어려서 면서기가 되고 싶었다
어떤 때는 벌레가 되고 싶기도 했다
그래도 나는 시인은 되었다
그게 어디 쉬운 일이냐
아들아, 시인에 대해서 신경 좀 써다오

저 빛나는 어깨와 한 소쿠리는 되는 사타구니
아들의 것은 다 내가 힘들여 만들었는데
아직 새것이다
근사하다 내가 저 아름다운 청년을 만들다니……

내가 어디서 왔느냐고 물어보지도 않았는데 그전에
어른들이 다리 밑에서 주워왔다고 했을 때
나는 슬퍼했다
지금도 외로울 때면 그 생각을 한다
인터넷을 믿는 아들은 그런 슬픔을 모르겠지만

아직 세상에는 내가 망하기를 바라는 사람은 없다
가진 게 별로 없기 때문인데
다행이다
그래도 아들에게는 천지만물을 거저 물려주었으니
고맙게 여기고 잘 쓸 것이다

세월을 건너가느라 은어들도 엄벙덤벙 튄다
저것들은 물이 집이다
요즘도 다리 밑에다 애들을 버리긴 버리는 모양인데
알고 보면 우리가 사는 이 큰 별도 누군가 내다 버린 것이고
긴 여름도 잠깐이다

한잔 받아라

처방전

잘 쓰고 있나요

후회가 없는 헤어짐은 없지요. 우리는 무수한 이유와 근거로 모든 만남을 되돌아봅니다. 그때 우리를 한없이 깊은 생각에 잠기게 하는 건 무엇보다 후회라는 감정에서 비롯되는 것들이지요. 했으나 하지 말았어야 했던 일, 해야 했으나 하지 않은 일, 하고 싶었으나 할 수 없었던 일 같은 것들만이 머릿속을 맴돕니다. 누구나 다 그렇습니다. 그게 모든 남겨진 자들의 숙명이지요. 그러나 그 숙명적 행위는 매번 매 순간 아름다운 쪽으로 창을 열기 위한 것이지요. 지나온 날들이 아니라 다가올 날들로요.

제 기억이 맞다면 우리는 구면입니다.

그닐 그 대낮에 당신은 제세 다가와서 인사하고 사연을 보냈다고 했고, 저는 아, 그러셨어요, 환한 웃음을 보였습니다. 그 웃음이 이제 와서 가슴에 사무칩니다. 후회가 남습니다. 그때 제가 지금의 사연을 알고 있었더라면, 당신의 손을 잡아줄 수 있었을 텐데요. 그게 못내 아쉽습니다.

그때 당신의 눈망울이 저를 선하게 만든 데는 그만한 이유가 있었던 거였어요. 당신은 누구에게나 참 성실한 사람이군요. 성실한 사람만이 "그저 슬픔에 잠기고 싶었습니다."라고 말할 수 있습니다. 저를 믿어보세요. 당신은 아버지의 성실한 아들이었습니다, 틀림없이.

자식들이란 늘 아버지에게 못다 한 말들이 많죠?

아버지를 이렇게 간단히 떠나보내기엔 너무 이르다고 생각할 거예요. 네, 너무 이릅니다. 죽음은 늘 너무 이르지요. 부모와 자식이 함께 어울려 지내며 각자의 인생을 쌓아나가는 우리네 삶의 풍속을 떠올리면 더욱 그렇습니다. 부모와 자식은 언제까지 함께 여행할 수 있을까요.

저는 이 나이가 되도록 아버지와 단둘이서 여행을 다녀보지 못했습니다. 아니, 하지 않았지요. 저는 애당초 성실한 자식이긴 글러먹었습니다. 저는 지금도 부모와 자식 사이에는 '언젠가'라는 시간이 늘 있다는 듯이 굴고 있습니다. 그래서 가끔은 혼자 밥상 앞에 앉아 물에 만 밥을 뜨다가 아버지가 아닌, '남용'이라는 선명한 이름을 가진 한 사람의 인생에 대해 생각해 봅니다.

그는 어려서 무엇이 되고 싶었을까? 부모도 없이 보육원에서 자라 어려서부터 자신의 삶을 튼튼하게 세워야 했던 그에게 부모란 어떤 존재였을까? 부모가 없는 아들로서 그는 어떤 부모가 되고 싶었으며, 어떤 아들을 원했을까. 그런 걸 떠올리면 괜히 미안함과 후회가 밀려와 눈물이 차오르고 마른침을 꼴깍 삼킨 후에 아버지에게 전화해 안부를 묻습니다. 말하지요. 저는 지금 밥을 든든하게 챙겨 먹고 있습니다. 아버지는 대꾸합니다. 더울 땐 시원하게 살고, 추울 땐 따뜻하게 살아라. 아버지는 어머니와 또 달라서 세월이 흐를수록 목소리에 슬픔이 묻어나오지요. 부모와 자식은 언제나 마음의 지름길을 두고 애먼 길을 돌아 서로의 마음에 가닿는가 봅니다. 그러니 당신의 지금 그 마음도 그저 먼 길을 더 멀게 도는 것이겠지요.

아버지를 미주할 자신이 없는 건 죄책감 때문이 아니라 당신이 아직 그를 죽음이 아니라 삶의 영역에 포함하고 있어서일 겁니다. 하고 싶은 말을 다하지 못해서, 하고 싶은 일을 더 하고 싶어서 말이죠. 다 큰 자식이 되어 아버지와 여름 한철을 보내며 아버지를 부모가 아니라 '인생의 선배'나 '인생의 친구'로 마주할 기회를 아직은 포기할 수 없겠죠. 그렇다면 아버지를 쉬이 보내지 마세요. 저처럼 혼자 밥을 먹다가 아버지의 안부를 물어보는 것도 좋고요, 친구들과 떠난 여행에서 아버지와의 추억을 이야기 소재로 다루어보세요. 아버지를 두고두고 떠올리는 일이 어쩌면 두고두고 후회하는 일이 될지라도 아버지를 계속해서 당신 인생의 동반자로 남겨두길 바랍니다. 아버지도 사는 동안 내내 당신을 그렇게 여겼을 테니까요.

당신은 시를 읽고, 쓰려는 사람이지요?

아버지와 함께 보낸 어느 한철을 적어보는 건 어떨까요? 그렇게 아버지를 '다시 살아보는' 겁니다. 시는 언제나 현재를 사는 것이니까요. 언젠가, 어느 밤에 책상 앞에 앉아 '아버지와 나'를 위해 애쓰는 당신의 모습을 아버지는 얼마나 고맙게 여길까요. 잘 읽고 있다고요. ●

가을

잘 듣고 있나요

대화란 하는 사람과 듣는 사람이 동시에 발생하는 행위이지요. 그러니까 결국 잘 들어주는 사람이 잘 말하게 되어 있습니다. 듣지 않고 말하는 사람이 넘쳐나는 세상이에요. 그런 일방통행 속에서 지금껏 자신이 쌓아온 침묵을 토대로 자신만의 대화의 속도, 대화의 방향, 대화의 흐름을 만들어보는 건 어떨까요. 우정이, 애정이 깊은 이들과 함께요. 아주 쉬운 것부터요.

김나리 님의 사연 ㅣ

가장 하고 싶은 말을 하고 싶을 때, 입을 다물어버리는 버릇이 있습니다. 그렇게 피하는 것을 반복하다보니 제 목소리를 내는 것에 점점 자신이 없어집니다. 이야기할 상대에 대한 신뢰가 없는 것인지, 잘 전달할 자신이 없는 것인지……. 그 무엇도 모르게 되어버렸습니다. 어떤 문제에 대해 상대가 먼저 말을 걸어왔는데 결국 입에서만 우물우물하다 말하지 못했습니다. 제가 언젠가 마주치지 않으면 안 될 상황을, 스스로 이겨낼 수 있을지 자신이 없습니다.

처 방 詩

말과 별

소백산에서

신경림

나는 어려서 우리들이 하는 말이

별이 되는 꿈을 꾼 일이 있다.

들판에서 교실에서 장터거리에서

벌떼처럼 잉잉대는 우리들의 말이

하늘로 올라가 별이 되는 꿈을.

머리 위로 쏟아져내릴 것 같은

찬란한 별들을 보면서 생각한다,

어릴 때의 그 꿈이 얼마나 허황했던가고.

아무렇게나 배앝는 저 지도자들의 말들이

쓰레기 같은 말들이 휴지조각 같은 말들이

욕심과 거짓으로 얼룩진 말들이

어떻게 아름다운 별들이 되겠는가.
하지만 다시 생각한다, 역시
그 꿈은 옳았다고.
착한 사람들이 약한 사람들이
망설이고 겁먹고 비틀대면서 내놓는 말들이
자신과의 피나는 싸움 속에서
괴로움 속에서 고통 속에서 내놓는 말들이
어찌 아름다운 별들이 안되겠는가.
아무래도 오늘밤에는 꿈을 꿀 것 같다,
내 귀에 가슴에 마음속에
아름다운 별이 된
차고 단단한 말들만을 가득 주워담는 꿈을.

처방전

잘 듣고 있나요

요즘 말 잘하는 사람이 정말 많지요. 말솜씨는 타고나는 거라지만, 그래도 괜히 말 (잘하는 사람) 앞에서는 의기소침해집니다. 말은 누구든 작아졌다 커졌다 할 수 있게 하지요. 하지만 능변인 사람의 말이 다 제대로 된 것은 아니며 눌변인 사람의 한마디 촌철살인이 많은 이들을 사로잡는 걸 보면 말은 참으로 신기한 것 같습니다.

하긴 쉬워도 잘하긴 어렵고, 듣긴 쉬워도 잘 듣긴 어려운 말 때문에 겪는 곤란을 저라고 모르지 않습니다. 저 역시 하고 싶은 말을 꾹꾹 참으며 지내던 때가 있었습니다. 학창 시절 저는 남들 앞에서 하지 못한 말들이 많아서 여러권의 일기장을 책상 서랍에 보관해놓곤 했습니다. 욕설도 많았고 누군가를 향한 애정의 말도 많았죠. 돌이켜 보면 그때부터 저는 말을 잘하는 사람이기보다는 말을 잘 듣는 사람으로 훈련되어온 것 같습니다. 그게 지금도 저를 다정하려고 애쓰는 사람으로 만들고 있죠.

당신은 과연 어떤 사람일까요? 말을 잘 못해서 힘없는 사람일까요, 말을 잘 들어줘서 힘 있는 사람일까요. 제 생각에 말은 하는 사람의 것이 아니라 듣는 사람의 것입니다. '침묵하기'를 버릇으로 삼으면서 깨쳤습니다.

언젠가 한 '작가와의 만남'에서 말 잘하는 법에 관하여 물어온 독자가 있었습니다. 듣자 하니 말 때문에 입은 상처가 많은 이였습니다. 잘 들어주는 사람한테 우리는 늘 가혹하게 굴잖아요. 할 말 못할 말을 가리지 않고 자칫 선을 넘게 되지요. 저는 그이의 얘기를 듣고서 말의 항아리에 말이 쌓여 마음에 병이 생기는 사람에 관해 썼습니다. 듣지 않았더라면 할 수 없는 말이었죠.

최근 한 정치인의 성폭력을 고발한 피해자의 말을 기억합니다. 사법부는 '우물쭈물' 말한 피해자의 말 내신 거침없는 가해자의 발반을 듣고 엉뚱한 판결을 내놓았지요. 그런 걸 생각하면 정말이지 말은 하는 게 중요한 게 아니라 듣는 게 중요한 거라는 생각을 지울 길이 없습니다. 말은 못할 때보다 못 들을 때 더 무서운 겁니다.

말을 시원시원하게 해놓고 뒷일은 나 몰라라 하는 사람과는 두번 다시 말하고 싶지 않지만, 하고 싶은 말을 잘하진 못해도 상대의 말에 귀 기울일 줄 아는 사람과는 언젠가 또 한번 말하고 싶어지지요. 진정한 능변가는 이야기를 듣고 싶게끔 만드는 사람이 아니라 이야기를 나누고 싶게끔 만드는 사람이 아닐까요. 당신은 말을 잘하는 편에 속하지 못할지라도 말을 잘 들어주는 편에는 쉬이 속할 겁니다. 대화란 하는 사람과 듣는 사람이 동시에 발생하는 행위이지요. 그러니까 결국 잘 들어주는 사람이 잘 말하게 되어 있습니다.

듣지 않고 말하는 사람이 넘쳐나는 세상이에요. 그런 일방통행 속에서 지금껏 자신이 쌓아온 침묵을 토대로 자신만의 대화의 속도, 대화의 방향, 대화의 흐름을 만들어보는 건 어떨까요. 우정이, 애정이 깊은 이들과 함께요. 아주 쉬운 것부터요. 가령, 오늘의 점심 메뉴를 고른다거나, 약속 장소나 시간 등을 당신이 한번 결정해보는 겁니다. 그렇게 대화를 주도하는 사람이 되어보는 경험을 조금씩 만들어보는 겁니다.

이런 상상을 한번쯤 해보는 것도 좋겠지요. 나의 말이 이루는 별에 관해서요. 당신이 내뱉는 말들은 어떤 별, 어떤 별의 자리를 이루게 될까요. 수많은 침묵과 한마디 말로 이루어진 말의 성운은 보기에도 반짝이는 것이겠지요. 누군가는 그 말의 무리를 올려다보면서 해야 할 말을, 하고 싶은 말을 할 용기를 얻게 될지도 모릅니다. 애써 침묵을 이겨내려 하지 마세요. 애써 말을 이기려고 하지 마세요. 당신은 '대화하는 사람'입니다. 이미 잘 듣고 있어요. ●

흔들리는 마음

어쩌면 우리의 인생사를 조금 더 유의미하게 만드는 것은 그런 획일화된 성취의 순간들이 아니라 남들은 모르는, 남들에게는 무용한 나만의 성취일지도 몰라요. 가을 저녁에 누구를, 무엇을 위해서도 아닌 채로 그네를 타는 일은 어떨까요. 더 많이 흔들릴수록 더 높이 올라가 더 멀리 볼 수 있는 일. 흔들려야 멈추는 순간이 있지요.

인수 님의 사연 —

저는 취업준비생입니다. '취준생'이라면 으레 겪는 미래에 대한 불안과 조급함도 문제지만, 저는 성취의 경험과 감정이 사라지는 날들이 가장 힘듭니다. 매번 미끄러지는 자소서 때문만은 아닙니다. 그보다는 일기가 밀린다든지 아끼던 식물이 시들어버린다든지 하는 것 때문입니다. 아주 작은 성취조차 경험한 지 너무 오래되어서인지, 계속 웅크리고 아무것도 하지 않게 됩니다. 저는 언제고 실패하고야 말 사람이 된 것만 같은 느낌이 듭니다. 막연하게 이 세상 어디엔가 제 쓸모가 있으리라 믿었는데 이제는 그것마저 흔들립니다. 저는 어디에서부터 시작해야 할까요?

처방詩

그네

문동만

아직 누군가의 몸이 떠나지 않은 그네,

그 반동 그대로 앉는다

그 사람처럼 흔들린다

흔들리는 것의 중심은 흔들림

흔들림이야말로 결연한 사유의 진동

누군가 먼저 흔들렸으므로

만졌던 쇠줄조차 따뜻하다

별빛도 흔들리며 곧은 것이다 여기 오는 동안

무한대의 굴절과 저항을 견디며

그렇게 흔들렸던 세월

흔들리며 발열하는 사랑

아직 누군가의 몸이 떠나지 않은 그네

누군가의 몸이 다시 앓을 그네

처방전

흔들리는 마음

어제였습니다. 마침 다음 날은 휴일이고 비는 부슬부슬 내리고 이만저만한 생각들이 머릿속에 맴돌아서 우산도 없이 줄넘기를 들고 집 앞 놀이터에 나가 줄을 넘었습니다. 달밤의 체조 대신 비 오는 밤 줄넘기였던 셈이지요. 처음 몇번 넘을 때는 이게 뭐 하는 짓인가, 누가 보면 어떻게 생각하려나, 잡생각이 들더니 쉰번쯤 줄을 넘으니 무념무상으로 쉰하나, 쉰둘, 쉰셋 하며 횟수를 세게 되었습니다. 시원했습니다. 드디어 마음에 바늘구멍을 뽁 뚫어놓은 것 같았다고 할까요. 가을밤에 비 맞으며 줄넘기를 해본 사람이 되고 보니 어수선했던 생각들이 조금씩 자리를 잡았습니다. 집으로 돌아와 씻고 온수 매트를 약하게 틀어놓고 홑이불 한 장을 덮고 좋아라, 잤습니다.

저는 어젯밤 무엇을 성취한 걸까요. 줄넘기 이백 번? 생각의 정리? 마음의 실을 꿸 수 있는 바늘구멍? 꿀잠? 비 오는 밤 줄넘기는 어떨까요. 어젯밤 대한민국에 사는 이 중에 비 맞으며 줄넘기를 해본 사람은 과연 몇이나 될까요? 열 손가락이면 충분할까요? 부족할까요?

연초에 저는 이런 다짐을 하였습니다.

'올해는 주 3회 줄넘기를 하다 마는 사람이 되자.'

네, 주 3회 줄넘기를 하는 사람이 아니라 그렇게 (노력)하다 하지 못하는 사람이 되는 것이 저의 새해 다짐이었습니다. 저도 어지간히 성취와는 거리가 먼 인간이지 뭡니까.

그런데 요즘 그 다짐을 성취하여 저는 떳떳한 사람으로 거듭나고 있습니다. 거창한 다짐들을 남발합니다. 분리수거 배출을 미루지 않다가 미루는 사람이 된다거나 퇴근하면 휴대전화를 모른 척하기로 했다가 그걸 못하는 사람이 된다, 같은 것들이지요. 저는 다짐한 지 일주일 만에 두가지 모두를 성취했습니다. 결심이 확고해 단단한 각오를 가진 사람도 멋지지만, 저는 아무래도 자꾸만 이리저리 흔들리겠다고 각오 아닌 각오를 하는 물렁한 사람 쪽에 더 끌립니다. 어려서부터 끈기도 부족하고 싫증도 잘 낸다는 소릴 들으며 자랐기 때문일까요. 저는 그렇게 자라서 지금도 여전히 흔들흔들 재밌게 삽니다. 비 오는 밤 줄넘기는 얼마나 쓸데없고 흥미로운 성공인지요.

입시를 준비하고, 취업을 준비하고, 연애와 결혼을, 자립을 준비하고, 이직을 준비하고, 자차와 자가를 준비하고, 임신과 출산을 준비하고, 학부모를 준비하고, 승진과 퇴직을 준비하고, 제2의 인생을 준비하며 우리는 '성취 중독자'들이 된 건 아닐까요. 어쩌면 우리의 인생사를 조금 더 유의미하게 만드는 것은 그런 획일화된 성취의 순간들이 아니라 남들은 모르는, 남들에게는 무용한 나만의 성취일지도 몰라요. 가을 저녁에 누구를, 무엇을 위해서도 아닌 채로 그네를 타는 일은 어떨까요. 더 많이 흔들릴수록 더 높이 올라가 더 멀리 볼 수 있는 일. 흔들려야 멈추는 순간이 있지요.

수도 없이 미끄러진 자소서를 가지고 있고, 자주 식물을 죽인 이력이 있으며, 여러 차례 낙선의 고배를 마셨던 사람으로서 제가 당신에게 건넬 수 있는 시작의 말은 이런 겁니다. 저는 지금도 여전히 실패를 반복하는 인간이며 그런데도 계속해서 성취 중인 인간입니다. 제가 타고 있던 그네를 당신에게 양보하겠습니

다. 오세요. 비도 오고, 줄넘기도 들고. ●

기대하는 마음

먹고살기 위한 노동 현장에서 우리는 버틸 수 있는 것과 버틸 수 없는 것 사이를 수시로 오가며 살아갑니다. 그런데도 변치 않는 건 계속해서 나의 노동으로 나의 몸과 마음을 건사하겠다는 다짐이지요. 그런 다짐 가운데 우리는 어느덧 누군가의 든든한 직장 동료, 선배, 후배가 되어 퇴사를 만류하고, 지지하고, 퇴사와 퇴사 사이에서 스스로 챙겨야 할 실속에는 어떠한 것들이 포함되어야 하는지를 꼼꼼히 점검해주는 건 아닐까요. 고민이 많던 사람이 결국엔 고민이 많은 사람의 말에 더 귀 기울일 줄 알게 된다는 현장의 원리를 우리는 모르지 않지요.

김연동 님의 사연 —

퇴사를 준비하고 있습니다. 어쩔 수 없는 이유가 아니라 순전히 저의 마음 때문인 것은 퇴사 사유가 될 수 없을까요. 사유를 밝혀야 해, '이 직장이 싫다' 하면 미움 받겠지, 미움 받기는 싫고, 그러면 다른 핑계를 만들어내야겠지……. 미움 받을 것을 겁내서 괜한 이유를 만들어버려요. 퇴사하는 마당에 꼭 이렇게까지 신경 써야 하는 걸까 싶다가도 인간관계는 다 이어져 있어서, 어디서 어떻게 만날지 모르지 싶어 한번 더 신경 쓰게 되네요. 버텨야 하는 곳이 아니라 계속해나가고 싶은 직장에 다니고 싶은 것은 욕심이고 헛된 기대일까요. 다음 직장을 구하기 전에 마음을 다독여주고 싶습니다.

문턱에서

안미옥

요가학원에 갔다가
숨 쉬는 법을 배웠다

가슴을 끝까지 열면
발밑까지 숨을 채울 수 있다
숨을 작게 작게 쉬다보면
숨이 턱 밑으로 내려가지 못하게 되면
그러면 그게 죽는 거고

나는 평평한 바닥을 짚고 서 있었다

몸을 열면
더 좋은 숨을 쉴 수 있다고 했다
나는 몸을 연다는 게 무엇인지 몰랐지만

공중에 떠 있는 새의 호흡이나
물속을 헤엄치는 고래의 호흡을 상상해

숨이 턱 밑으로
겨우겨우 내려가는 사람들이 걸어간다
숨을 고를 겨를도 없이
두 눈은 붉은 열매 같고

행진을 한다
다 같이 모여 있다

숨을 편하게 쉬어봐
좀더 몸을 열어봐

나는 무언가 알게 된 사람처럼

유리문을 연다

처방전

기대하는 마음

퇴사를 준비하다보면 오만가지 잡념이 찾아오지요. 돌이켜보면 저도 그랬던 것 같습니다. 하다 하다 모아둔 회사 앞 카페 쿠폰은 어쩌나 하는 생각까지 했습니다. 하지만 퇴직 과정에 돌입하며 제가 한 대부분의 고민은 퇴직 사유란에 적어야 할 말들이었습니다. '일신상의 이유로'라는 쉬운 정답이 있었으나, 어쩐지 그 말로는 다 담아낼 수 있는 노동자의 마음이 있었던 거지요.

나는 왜 퇴사하려 하는가. 고민의 고민을 거듭했습니다. 남아 있을 이유가 아니라 떠나야 할 이유를 찾으려 하니 자꾸만 다닐 수 없는 마음이 아니라 다니기 싫은 마음에 더 가닿았습니다. 단순해졌지요. 싫은 마음에 가까이 가보니 나는 퇴사할 준비가 되어 있는가, 퇴사 이후에 무엇을 기대하는가, 기대할 수 있는가, 그만두려는 마음과 시작하려는 마음을 두루 살펴볼 수 있었습니다. 그래서 결국 “일신상의 이유로 퇴직하고자 합니다.”라고 적었습니다. 명확해졌습니다. 퇴사와 이직 사이의 제 삶에는 욕심과 헛된 기대만 있던 것은 아니었어요.

직장 선배와 동료들로부터 퇴사 한번 하면서 뭐 그리 해도 그만, 안 해도 그만인 고민을 하느냐, 싫으면 싫은 거지,라는 말을 들었지만, 그런 ‘이유 만들기’를 통해 얻은 것들 덕분에 저는 언젠가 꼭 하고 싶던 단편 영화 연출을 했고, 새로운 직장에 필요한 조건(격주 주말 근무가 없는 곳일 것, 야근 수당은 있거나 없다면 밥은 줄 것 등)을 스스로 정해놓을 수 있었습니다. 우리가 직장 생활(퇴사도 직장의 생활이지요)을 완료하면서 배우는 건 그만두는 마음가짐이기도 하지만 시작하는 마음가짐이기도 합니다.

먹고살기 위한 노동 현장에서 우리는 버틸 수 있는 것과 버틸 수 없는 것 사이를 수시로 오가며 살아갑니다. 그런데도 변치 않는 건 계속해서 나의 노동으로 나의 몸과 마음을 건사하겠다는 다짐이지요. 그런 다짐 가운데 우리는 어느덧 누군가의 든든한 직장 동료, 선배, 후배가 되어 퇴사를 만류하고, 지지하고, 퇴사와 퇴사 사이에서 스스로 챙겨야 할 실속에는 어떠한 것들이 포함되어야 하는지를 꼼꼼히 점검해주는 건 아닐까요. 고민이 많던 사람이 결국엔 고민이 많은 사람의 말에 더 귀 기울일 줄 알게 된다는 현장의 원리를 우리는 모르지 않지요.

최근에 한 텔레비전 프로그램을 보다가 '내가 휴식을 택하는 게 아니라 휴식이 나를 택하는 겁니다'라는 말을 들었습니다. 라틴 문화권의 나라에서 행해지는 낮잠 자는 풍습인 시에스타를 자기 스스로 정의한 것이었죠. 멋진 말을 더 멋진 말로 바꿔볼까요. '내가 퇴사를 택하는 게 아니라 퇴사가 나를 택하는 겁니다'라는 말은 어떤가요.

누구보다 자신의 노동력을 헛되이 쓰고 싶어하지 않는 당신에게 퇴사의 문턱에서 내려와 좀더 몸을 열고 편안하게 숨 쉬는 시간을 가지라고 말해주고 싶습니다. 퇴사 사유란에 적을 말도 말이지만 앞으로 노동하는 나에게 어떤 말을 들려줄지를 더 고민해보길 바랍니다. 그런 휴식 뒤에 당신은 "무언가 알게 된 사람처럼" 다시, 새로운 곳에 서 있을 겁니다. ●

먼 훗날 언젠가

나 혼자도 일으켜 세우기 쉽지 않은 세상에서 '타인'을 일으켜 세우기로 하고 실천하는 일은 정말 세상 어디에도 없는 위대한 도전이지요. 계획대로 부모가 되고 계획되지 않은 도전의 과제들을 하나둘 해결하면서 종종 '부모가 된 걸 단 한 번도 후회하지 않지만, 잠깐이라도 부모가 아니었으면 좋겠어.'라고 말하는 일은 얼마나 온당한 좌충우돌일까요. 부모란 부모이기 이전에 이룩해야 할 것이 아직 많은 두 사람이지요.

이고은 님의 사연 —

이제 막 돌 지난 아기를 키우고 있는 엄마예요. 아기 낳기 전에는 직장 다니며 자기계발도 하고 때때로 여행 가고 책도 읽고 여러 사람과도 어울리며 즐겁게 시간을 보냈던 것 같은데 아기가 생기면서 자기계발은커녕 '계획적인 삶'을 추구하던 제 생활 모토가 완전히 무너져버리고 말았어요. 그저 하루 종일 아기에게 집중하고 매일 똑같은 일을 반복하며 어떠한 계획이나 성취감도 없이 시간만 끊임없이 흐르고 있다는 게 저의 가장 큰 고민이네요.

처방詩

걱정 많은 날

황인숙

옥상에 벌렁 누웠다

구름 한 점 없다

아니, 하늘 전체가 구름이다

잿빛 뿌연 하늘이지만

나 혼자 독차지

좋아라!

하늘과 나뿐이다

옥상 바닥에 쫘악 등짝을 펴고 누우니

아무 걱정 없다

오직 하늘뿐

살랑살랑 바람이

머리카락에도 불어오고

발바닥에도 불어오고

옆구리에도 불어온다

내 몸은 둥실 떠오른다

아, 좋다!

둥실, 두둥실

처방전

먼 훗날 언제가

이제 육아를 시작한 지 9개월에 접어든 친구가 주말 오후에 이런 말을 전해왔습니다.

'아, 살 것 같다. 오래오래 했으면……'

사연인즉 아기를 남편에게 맡겨두고 오랜만에 미용실에 왔는데, 날씨도 좋고, 가벼운 기분이 들어서 조금이라도 늦게 집으로 가고 싶다는 것이었습니다. 이번에는 '엄마의 마음'보다 '나의 마음'이 앞선 것이겠지요. 그 마음을 응원했습니다.

엄마가 되기 전에 그이는 주중에는 활발히 노동하고, 금요일에는 불길처럼 타오를 줄 알던 출판편집 노동자였습니다. 긴긴 밤을 짧게 만들어버리는 에너지가 무궁무진한 이였지요. 그런 그가 미용실에서 보내는 주말 오후의 '짬'을 그토록 좋아하다니. 짬이란 말은 어떤 일의 도중이나 일을 끝낸 다음에 잠시 다른 것을 할 수 있는 시간, 맞붙어 있는 두 물체의 틈 그리고 꼭 짜서 물기를 뺀다는 뜻을 가지고 있지요. 육아 중인 부모란 참 짠한 게 아니라 참 짬합니다.

친구 경민이에게 주말 오후의 미용실행은 실로 오랜만에 찾아온 '나만의 시간'이었겠지요. 굳이 길게 이야기하지 않아도 엄마일 때의 나와 엄마이지 않을 때의 나 사이에서 갈팡질팡, 둘 다를 지켜내기 위해 용을 쓰는 경민이의 모습이 눈에 선했습니다. 손이 느려 한번 시작하면 서너시간은 족히 걸리는 미용사분이라도 만났으면 싶은 바람이 생겼습니다. 그런 미용사에게 머리를 맡기고 무게 잡으며 패션 잡지를 보고 있다가 꾸벅꾸벅 졸기 시작하는 친구의 모습은 얼마나 "둥실, 두둥실"일까요.

학창 시절에 함께 낙엽을 주워서 책장과 책장 사이에 꽂아두던 친구가 부모가 되어서 마음과 마음 사이에 가벼운 책갈피 한장 꽂아두는 것 같은 휴식을 이토록 좋아하게 될 줄 저는, 경민이도, 그땐 아마 몰랐겠지요. 혹시 그 시절 당신은 부모가 되어 (맙소사) '나'를 고민하게 될 줄 아셨나요?

이제 하나둘 부모가 되기를 선택하여 육아를 전

담하거나 분담하고 있는 친구들을 보면서 늘 드는 생각은 '대단하다'라는 겁니다. 나 혼자도 일으켜 세우기 쉽지 않은 세상에서 '타인'을 일으켜 세우기로 하고 실천하는 일은 정말 세상 어디에도 없는 위대한 도전이지요. 계획대로 부모가 되고 계획되지 않은 도전의 과제들을 해결하면서 종종 '부모가 된 걸 단 한번도 후회하지 않지만, 잠깐이라도 부모가 아니었으면 좋겠어.'라고 말하는 일은 얼마나 온당한 좌충우돌일까요.

부모란 부모이기 이전에 이룩해야 할 것이 아직 많은 두 사람이지요. 저는 당분간 혹은 앞으로 오랜 시간 동안 부모가 되지 못할 것 같습니다. 저는 아직 시작도 하지 못한 도전을 당신은 이미 수행하고 계시는군요.

삶은 도전의 연속이라고들 하지요. 생각이 많은 날, 걱정이 많은 날, 내가 나를 잃어버린 것처럼 느껴지는 날, 옥상에 벌렁 누워 구름을 보다가 스르륵 낮잠에 빠져든다는 상상의 나래는 떠올리는 것만으로도 기막힌 도전이지요. 어쩌면 당신은 이즈음 아무것도 하지 않고 안주해 있는 사람이 아니라 무엇이든 해내고 있는 힘찬 도전자인지도 모릅니다.

당신에게 꼭 전하고 싶은 희소식은 먼 훗날 언젠

가 아기는 건강히 자라서 '중2'가 된다는 사실입니다. ●

삶이라는 단 하나의 시

마음대로 되지 않는 마음을 맞이하는 자세란 게 있을까요? 어떤 이는 그 마음이야말로 창작의 마음이라고 부르기도 하니 그런 마음을 때때로 마음먹는 사람은 무엇이든 표현할 수 있는 사람일 겁니다. 그렇다고 하면 세상에 시인 아닌 사람이 있을까요. 네, 그런 걸 생각하면 시는 곳곳에 있고 우리가 시를 기다리고 있는 것이 아니라 시가 우리를 기다리고 있는 게 아닌가 하는 생각을 하게 됩니다.

김초연 님의 사연 —

나이에 걸맞지 않게 시 속에 빠져 사는 올해 환갑이 된 아줌마입니다. 소녀 시절에는 어려운 가정 형편 때문에 친구들이 교복을 입고 학교 가는 것을 멀리서 바라만 봐도 무슨 죄라도 지은 것처럼 누가 볼세라 몰래 숨어 있었습니다. 시를 좀 더 잘 이해하고, 그리고 나도 좋아하는 시를 한번 써보고 싶어서 눈이 침침할 때가 돼서야 검정고시로 중·고 과정을 거쳐 작년에 통신대학 국문과를 졸업했습니다. 그런데 시가 생각했던 것보다 어려웠습니다. 가까이 하면 할수록 어떻게 시를 이해하며 읽고 써야 할지 늦깎이로 배우는 학생은 고민입니다.

처 방 詩

눈보라

사이토 마리코

1

눈보라 속 저쪽에서 사람이 걸어온다. 저 사람 역시 지금 '눈보라 속 저쪽에서 사람이 걸어온다.' 하고 생각하고 있을 것이다. 무릎보다 높이 쌓인 눈. 사람이 가까스로 빠져나갈 만한 좁다란 길 양쪽에서 나와 그 사람은 서로 마주 보며 걸어가는 거다. 사람들은 언제 맞스치기 시작하는 것일까? 그것은 이미 시작됐는가? 하여튼 둘은 서로 다가간다. 지상에 단둘이만 남겨져버린 것처럼 마침내 마주친 그 순간, 한 사람이 빠져나가는 동안 또 한 사람은 한편으로 몸을 비키며 멈추어

서서 길을 양보한다. 그때 둘이는 인사를 주고받는다. 그것이 내 고향 설국의 오래된 습관이다.

"눈보라 속 저 멀리서 사람이 걸어온다." 그것을 인정했을 때부터 이미 맞스치기는 시작된 것이다. 누가 먼저 길을 양보하느냐는 그때가 와야 알 수 있다.

나는 한때 그런 식으로 눈보라 속 멀리서 걸어오는 조선의 모습을 만났다.

아직도 같은 눈보라 속을 다니고 있다.

2

수업이 심심하게 느껴지는 겨울날 오후에는 옆자리 애랑 내기하며 놀았다. 그것은 이런 식으로 하는 내기이다. 창문 밖에서 풀풀 나는 눈송이 속에서 각자가 눈송이를 하나씩 뽑는다. 건너편 교실 저 창문 언저리에서 운명적으로 뽑힌 그 눈송이 하나만을 눈으로 줄곧 따라간다. 먼저 눈송이가 땅에 착지해 버린 쪽이 지는 것이다. "정했어." 내가 낮은 소리로 말하자 "나도" 하고 그 애도 말한다. 그 애가 뽑은 눈송이가 어느 것인지 나는 도대체 모르지만 하여튼 제 것을 따라간다. 잠시 후 어느 쪽인가 말한다. "떨어졌어." "내가 이겼네." 또 하나가 말한다. 거짓말해도 절대로 들킬 수 없는데 서로 속일 생각 하나 없이 선생님 야단맞을 때까지 열중했다. 놓치지 않도록. 딴 눈송이들과 헷갈리지 않도록 온 신경을 다 집중시키고 따라가야 한다. 다른 모든 눈송이와 아주 비슷하게 생긴 단 하나의 눈송이.

나는 한때 그런 식으로 사람을 만났다. 아직도 눈보라 속 여전히 그 눈송이는 지상에 안 닿아 있다.

처방전

삶이라는 단 하나의 시

한 국제 문학 행사에서 기획한 문장 수집 이벤트에 참여했다가 미국에서 온 조엘 맥스위니 시인으로부터 '조약돌'이라는 단어를 전해 받았습니다.

조. 약. 돌.

머릿속으로 단어를 한참 굴려보았습니다. 크기가 자잘하고 모양이 동글동글한 돌을 이르는 저 단어를 언제 마지막으로 사용했는지 기억이 나질 않더라고요. 먹고살며 내가, 우리가 쓰는 말이란 죄 거기서 거기인 셈인 거지요.

실용(?) 언어의 세계에서 뒤처지지 않기 위해 갑분싸, TMI, 엄근진, 인싸, 제곧내, 고답 같은 줄임말의 뜻을 메신저 창에서 공유하곤 하는 우리는 곧 쓸모 있는 말들로만 이루어진 사람이 되겠죠? 될까요?

오늘은 출근길에 골목에 떨어져 있는 은행잎을 하나 주웠습니다. 가을이다 싶어서, 올해의 첫 가을을 기억하고 싶어서 책갈피에 꽂아두어야겠다고 생각했지요. 매번 돌아오는 가을인데도 왜 매번 돌아오는 가을은 그전의 가을이 아니라 새로운 가을처럼 느껴질까요. 계절이 돌아와도 이미 나는 그 계절의 나일 수는 없어서겠죠. 인간은 늙어감 속에서 점차로 깨닫게 됩니다. 우리는 언제든 새로워지고 있구나. 새로워지는 늙음이란 것을 깨닫기 위해 책갈피에 놓아두는 낙엽은 얼마나 생기로운 산물일까요.

퇴근길 버스 정류장에선 옛날에 헤어진 사람의 얼굴을 문득 떠올렸습니다. 누구에게나 잊을 만하면 떠오르고, 잊었다 싶으면 생각나는 얼굴이 있죠. 그런 얼굴 하나쯤 가슴에 담아두어도 좀처럼 이상하지 않은 순간, 밤이지요. 밤에 내 마음인데도 어쩔 수 없는 마음을 마주하면 괜스레 더 조용해져서 버스 차창에 머리를 대고 꼭 이런 혼잣말을 하게 됩니다.

'마음이 마음대로 되지 않아.'

마음대로 되지 않는 마음을 맞이하는 자세란 게 있을까요? 어떤 이는 그 마음이야말로 창작의 마음이라고 부르기도 하니 그런 마음이 빈번히 찾아오는 사람은 무엇이든 표현할 수 있는 사람일 겁니다. 그렇다고 하면 세상에 시인 아닌 사람이 있을까요. 그렇게 생각하면 시는 곳곳에 있고, 우리가 시를 기다리는 것이 아니라 시가 우리를 기다리고 있는 게 아닌가 생각하게 됩니다.

그런 의미에서 당신의 사연은 얼마나 통째로 시적인가요. 나이에 걸맞지 않게 새로운 시작을 하는 당신(무언가를 시작하기에 걸맞은 나이란 사실 없지만요), 소녀 시절 친구들의 교복 입은 모습을 멀리서 지켜보던 당신, 침침한 눈으로 시를 쓰는 당신은 세상 어디에나 있는 듯 보이지만 세상 어디에도 없는 당신이지요. 그런 사람이 쓰는 시는 다른 모든 시와 아주 비슷하게 생긴 단 하나의 시일 겁니다.

내일은 저도 시를 한편 쓰려고 합니다. 눈이 침침한 소녀가 등장하는 시를요. 그 소녀는 조약돌을 주워 마음이라고 일컫습니다. 마음을 외투 호주머니에 넣고 굴리고 굴리면서 슬픔의 눈보라를 뚫고 나아가지요. 이러한 시에 제목을 뭐라고 달면 좋을까요?

당신에게 묻고 싶습니다. ●

겨울

4분 37초 동안 우리는 가만히

며칠 전, 책상 앞에 앉아 심야 라디오 방송을 듣다가 이제는 이 세상에 없는 이의 노래를 듣게 되었습니다. '정말 수고했어요'라는 가사가 나오는 노래였는데요, 그이의 목소리를 듣고 있자니 '누군가와 비교하지 말고 있는 그대로 그 사람을 위로해주세요'라고 말하던 그이의 빛나는 심정이 떠올랐습니다. 한동안 귀 뒤에 연필을 꽂아두고 가만히 있었습니다. 그 순간, 노래는 얼마나 긴지, 밤은 얼마나 푸른지, 그이는 지금쯤 얼마나 포근한 이불 속에 누워 있을까, 여기 남은 사람이 4분 37초의 노래를 듣는 일이 여기 남지 않은 사람의 4분 37초를 대신 살아주는 일이 되는 건 아닐까, 감히 생각하게 되었습니다. 4분 37초 동안 우리는 젤리를 씹으면서, 학교와 직장에서 있었던 일을 조잘거리면서 노래를 들을 수 있겠지요. 그때 그런 우리의 일상은 아마도 그이의 자랑이 될 겁니다. '남겨지는 일'은 그런 걸 믿는 경험입니다. 나와 네가 아직도 연결되어 있다는 것을요.

이은빈 님의 사연

아무것도 모르던 초등학교 4학년, 11살 때 좋아하는 가수가 생겼어요. 그때부터 힘들 때도, 외로울 때도, 기쁘거나 행복할 때도 그 가수를 보면서 많은 힘을 얻었어요. 제가 그의 위로를 받으며 살아왔다고 해도 과언이 아닐 정도로요. 하지만 며칠 전 그 가수가 세상을 떠났어요. 기사를 접하고 친구들이 연락해온 뒤부터 이틀 내내 울었어요. 새벽에 동생에게 그동안 속에 담아둔, 누구에게도 말 못한 제 이야기를 꺼냈어요. 자책도 하고 그 사람을 좋아했던 추억도 떠올리며 많은 이야기를 풀어내고서야 저는 괜찮아졌습니다. 하지만 문득문득 그가 이 세상에 없다는 게 믿기지가 않아요. 그를 생각하다가 아, 이제 없지, 맞다, 하다가도 다시 멍해지고. 누군가를 좋아하고 응원한다는 건 참 멋지고 대단한 일이라고 생각해왔는데 요즘은 그 생각이 정말 옳은 걸까 자꾸 고민하게 됩니다. 그 사람을 향한 수많은 악플보다 제가 더 큰 사랑을 주면 될 줄 알았어요. 하지만 저는 지금 많이 혼란스러워요. 좋아한다고 사랑한다고 응원한다고 전하는 말들이 그에게 더 부담이 될 것 같아서 현재 좋아하는 다른 가수를 보는 것도 조금은 힘이 들어요. 더 단단하게 살아야겠다, 생각은 하지만 제가 앞으로 어떤 마음으로 어떻게 살아가야 할지 모르겠어요.

처 방 詩

푸른 밤

박소란

짙푸른 코트 자락을 흩날리며

말없이 떠나간 밤을

이제는 이해한다 시간의 굽은 뒷모습을 물끄러미 바라볼수록

이해할 수 없는 일, 그런 일이

하나둘 사라지는 것

사소한 사라짐으로 영원의 단추는 채워지고 마는 것

이 또한 이해할 수 있다

돌이킬 수 없는 건

누군가의 마음이 아니라

돌이킬 수 있는 일 따위 애당초 존재하지 않는다는 사실

잠시 가슴을 두드려본다

아무도 살지 않는 낯선 행성에 노크를 하듯

검은 하늘 촘촘히 후회가 반짝일 때 그때가

아름다웠노라고,

하늘로 손을 뻗어 빗나간 별자리를 되짚어 볼 때

서로의 멍든 표정을 어루만지며 우리는

곤히 낡아갈 수도 있었다

이 모든 걸 알고도 밤은 갔다

그렇게 가고도

아침은 왜 끝끝내 소식이 없었는지

이제는 이해한다

그만 다 이해한다

4분 37초 동안 우리는 가만히

흔히 사람들은 헤어져보는 것도 좋은 경험이라고 말합니다. 그러나 누군가와 헤어지는 일이, 사랑하는 사람과의 이별이 경험이 된다니요, 이상합니다. 세상에 경험할 게 얼마나 많은데 그런 것까지 경험하며 살아야 하는지요.

어느 날엔가는 천천히 사랑의 형상을 그려보았습니다. 팔다리가 긴 사람과 털이 희고 복슬복슬한 어린 짐승과 불태웠던 편지와 일기장. 한밤중에 계단을 오르고 복도를 지나쳐 창문 넘어 끝도 없는 밤의 청록빛 들판을 헤매다 돌아와 자신의 얼굴을 물끄러미 바라보던, 나의 침묵을요.

헤어짐이 좋은 경험이 되었나 하고 돌이키다보면 밤을 꼬박 지새우기도 합니다. 그때 그 불면은 무익하지만 아름답습니다. 그래요. 헤어짐도 경험이라는 말은 헤어지는 순간의 쓰라림이 아니라 헤어진 후에 찾아오는, 막 아프지도, 막 슬프지도, 막 죽을 것 같지도 않은 마음의 시차를 이해하는 것을 두고 하는 말이겠지요.

며칠 전, 책상 앞에 앉아 심야 라디오 방송을 듣다가 이제는 이 세상에 없는 이의 노래를 듣게 되었습니다. '정말 수고했어요'라는 가사가 나오는 노래였는데요, 그이의 목소리를 듣고 있자니 '누군가와 비교하지 말고 있는 그대로 그 사람을 위로해주세요'라고 말하던 그이의 빛나는 심정이 떠올랐습니다. 한동안 귀 뒤에 연필을 꽂아두고 가만히 있었습니다. 그 순간, 노래는 얼마나 긴지, 밤은 얼마나 푸른지, 그이는 지금쯤 얼마나 포근한 이불 속에 누워 있을까, 여기 남은 사람이 4분 37초의 노래를 듣는 일이 여기 남지 않은 사람의 4분 37초를 대신 살아주는 일이 되는 건 아닐까, 감히 생각하게 되었습니다. 4분 37초 동안 우리는 젤리를 씹으면서, 학교와 직장에서 있었던 일을 조잘거리면서 노래를 들을 수 있겠지요. 그때 그런 우리의 일상은 아마도 그이의 자랑이 될 겁니다. '남겨지는 일'은 그런 걸 믿는 경험입니다. 나와 네가 아직도 연결되어 있다는 것을요.

사랑받던 이가 조금 일찍 선택한 죽음은 살아 있는 편에선 안타까운 일이지만요, 그이의 편에서는 정말 수고했어요, 이해받을 만한 일이기도 하지 않을까요? 어떤 헤어짐을 이해하기 위해서는 일순간이 아니라 일생이 필요하기도 하답니다. 그이의 편에선 영원히 남겨진 사람이 되어서 푸른 밤에 그의 노래를 들으며 잠시 가슴을 똑똑 두드려보는 겁니다. 기쁜 마음으로. 침묵을 멀리 내보내고. 그의 영혼이 잠시 앞머리를 매만지며 내 하루의 끝을 위로하는 걸 느끼면서요. 어떤 이들이 그이를 잊어갈 때도요. 4분 37초 동안요. 아세요? 한 사람이 한 사람에게 첫눈에 반하는 데 필요한 시간이 8.2초라고 합니다. 4분 37초는 얼마나 긴 사랑의 시간일까요. ●

작은 소망 큰 소망

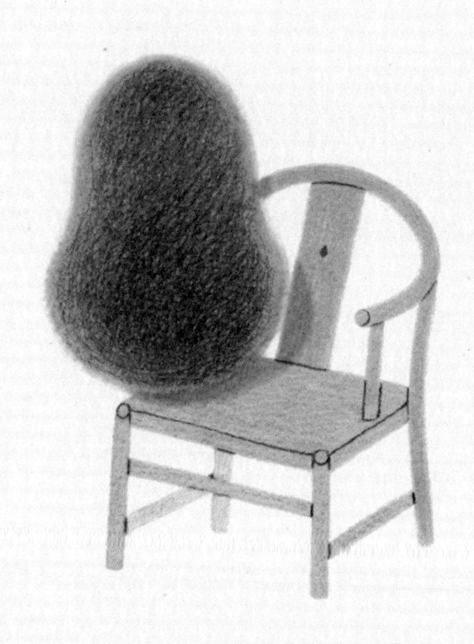

동생이 남들과는 다른 차별과 혐오 속에 놓여 있음을 먼저 공감하고, 그런 이유 없는 혐오와 차별에 맞서 인간이라면 마땅히 누려야 할 권리와 자존을 위해 힘쓰는 이들이 동생과 함께 있음을, 형이 그중 한 사람임을 알게 하는 것도 좋겠지요. 너의 옆집에, 내 곁에 있다고요. 그때 '너는 우리 집의 보물이다' 같은 말은 얼마나 반짝이는 말이 될까요. 정답은 늘 질문하는 사람이 가진 거랍니다. 위안이 필요한 사람에게 건넬 말을 고민하는 사람의 마음에 위안이 들어 있지요.

이태권 님의 사연

저에게는 열살 정도 차이 나는 지체 뇌병변 중복 중증장애인 1급 남동생이 있습니다. 어릴 때부터 휠체어 없이는 거의 활동이 불가능하지만 부모님의 정성으로 대학까지 졸업한 의젓한 아이죠. 대학 때는 신문방송을 전공하여 카피라이터가 되는 게 꿈이었던 동생이지만, 워낙 어릴 때부터 놀림을 많이 받고 자라서 마음의 상처가 깊습니다. 그래도 긍정적이고 무엇이든 열심히 하려는 우리집 보물이죠. 졸업 후 장애가 있다는 이유로 취업에 수도 없이 낙방하고 괴로워하는 동생에게 힘이 되어줄 말이 있을까요? 동생이 자신감을 가지고 이 사회에서 떳떳하게 살아가는 게 저의 작은 소망입니다.

처 방 詩

나 너희 옆집 살아

성동혁

난 너의 옆집에 살아 | 소년이 되어서도 이사를 가지 않는 난 너의 옆집 살아 | 너의 집에 신문이 쌓이면 복도를 천천히 걷고 | 베란다에 서서 빈 새장을 바라보며 | 새장을 허물고 사라진 십자매를 기다리는 난 | 너의 옆집 살아 | 우린 종종 같은 버튼에 손가락을 올려놓고 | 같은 소독을 하고 같은 고지서를 받고 같은 택배를 찾으며 || 안개가 가로등을 끄며 사라지는 아침 | 식탁에 앉아 처음으로 전등을 켜는 나는 너의 옆집에 살아 | 이사를 오며 잃어버린 스웨터를 찾는 너의 | 냉장고 문을 열어 두고 물을 마시는 너의 옆집 살아 | 내가 옆집에 사는지 모르는 너의 | 불가사리처럼 움직이는 별이 필요한 너의 옆집 살

아 | 옆집엔 노래하는 영웅이 있고 자전거를 복도에 세워두는 소년이 있고 국경일엔 태극기를 올리는 착한 어린이가 있어 || 십자매가 날개를 접고 돌아와 다시 알을 품을 수 있도록 | 알에 묻은 깃털을 떼어 내지 않는 | 비가 오는 날에도 창문을 열어 두는 나는 너의 옆집에 살아 | 복도의 끝에서 더 긴 복도를 만들며 | 가끔 난간 위에서 흔들리는 코알라처럼 | 난 너의 옆집 살아 | 바다의 지붕을 나무에 새기며 | 커튼을 걷으면 밀려오는 나쁜 나뭇잎을 먹어 치우며 | 같은 난간에 매달려 예민한 기류에도 함께 흔들리는 난 | 난 너희 옆집 살아

처방전

작은 소망 큰 소망

아침에 눈을 떠 창밖을 보니 눈이 소복이 쌓여 있었습니다. '와, 첫눈이다……' 입가에 미소가 슬며시 번졌습니다. 어째서 첫눈은 이토록 사람에게 기쁨을 가져다주는 걸까요.

눈을 보면 자연히 작은 소망이 마음속에 싹틉니다. 로또 당첨과 같은 일확천금의 기회를 노리지 않게 되지요. 이때는 오늘은 따뜻한 커피에 브라우니 하나를 먹겠다, 가까운 벗에게 눈 쌓인 겨울나무를 찍어 보내야지, 당신의 건강이 저의 가장 큰 행복입니다 애인에게 고백하게 됩니다. 때로는 눈은 작은 소망을 불러오는 마법. 때로는 작은 소망이 세상에 둘도 없는 큰 소망이지요. 이 역시 근사한 마법!

첫눈이 내린 날 꽁꽁 언 마음을 녹이겠다는 '작

은 소망'을 마주하고 있자니 마법이라도 부린 듯 당신의 목소리가 들렸습니다. 동생을 그 누구보다 아끼는 사람의 목소리는 이토록 맑고 순정한 것이구나, 눈물이 핑 돌았습니다. 눈물이 슬픔의 표현 수단만이 아니라 기쁨의 표현 수단이기도 하다는 것을 우리는 언제 깨닫게 되는 걸까요. 누군가의 큰 소망을 위해 작은 소망을 빌 줄 알게 되면서부터는 아닐까요.

남들처럼 당신의 동생에게도 취업과 월급과 빨간 내복은 큰 소망이겠지요. 그러나 남들처럼,이라고 말하기엔 어딘가 석연치 않습니다. 장애가 있다는 이유로 혐오와 차별의 대상이 되는 일이 아직도 지금, 여기에선 비일비재하니까요. 혼자만의 힘으로 이겨낼 수 있다고 감히 말할 수가 없지요.

동생이 남들과는 다른 차별과 혐오 속에 놓여 있음을 먼저 공감하고, 그런 이유 없는 혐오와 차별에 맞서 인간이라면 마땅히 누려야 할 권리와 자존을 위해 힘쓰는 이들이 동생과 함께 있음을, 형이 그중 한 사람임을 알게 하는 것도 좋겠지요. 너의 옆집에, 내 곁에 있다고요. 그때 '너는 우리 집의 보물이다' 같은 말은 얼마나 반짝이는 말이 될까요. 정답은 늘 질문하는 사람이 가진 거랍니다. 위안이 필요한 사람에게 건

넬 말을 고민하는 사람의 마음에 위안이 들어 있지요. 당신은 벌써 가지고 있습니다. 동생에게로 향하는 세상의 어떤 날카로운 말도 막아내는 방패와 같은 말을요. 동생에게 전하는 형의 따뜻한 말은 어떤 것이든 '마법의 물약' 같은 것이겠지요. 들으면 한순간에 생명력이 꽉 채워지는 것 말이에요.

제게도 시를 쓰는 병약한 동생이 한명 있습니다. 그 동생이 며칠 전 자신의 SNS에 이러한 말을 올렸더군요.

'어린이 병동을 다니며 한동안 스티커를 챙겨 다니곤 했다. 간호사 선생님의 명찰에 아이들이 붙여준 스티커를 자주 본다. 아이들에겐 스티커가 사랑의 표현 방법이다. 감사하게도 내 노트북엔 같은 병실에 있던 아이가 붙여준 두 개의 스티커가 있다. 은색 별과 파란 하트. 작고 반짝이는 내 부적.'

어릴 때부터 아픔을 자기 삶의 일부로 받아들여 온 동생의 부적을 한동안 들여다보다가 그 옛날 '참 잘했어요' 도장이나 '포도알 스티커' 같은 것들이 떠올랐습니다.

당신의 작은 소망에도, 남동생의 큰 소망에도 도장을 찍고 스티커를 붙여주고 싶습니다. 말은 입술에서 시작되기도 하지만 눈에서, 손에서, 발에서, 온몸에서 시작하는 것이기도 하지요. 그렇게 생각하면 동생에게 힘이 되는 말이란, 형이라고 불리는 사람. 바로 당신일 겁니다. ●

고요와 냉장 사이

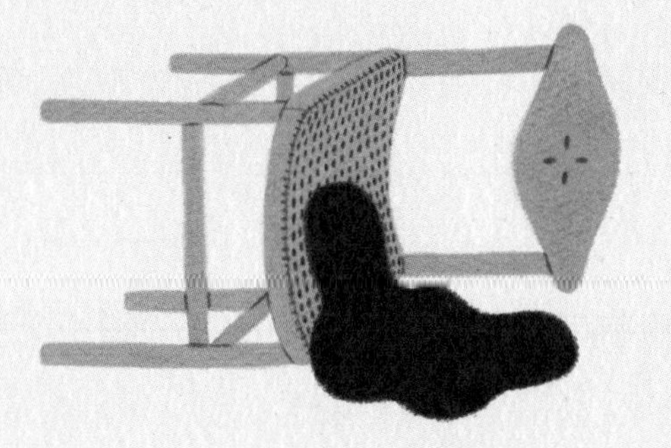

혼자를 혼자 두지 않는 씩씩한 사람으로 자라나 우리는 자신의 등을 누군가에게 내어주고 싶게끔 되는 게 아닐까요. 사랑도 우정도 모두 등에서부터 시작합니다. 그런 등을 머릿속에 그려보면 어느새 혼자서도 무슨 일이든 다 해낼 수 있을 것만 같은 마음이 되지 않나요. 비록 지금이 아니더라도, 언젠가, 어디선가. 혼자는 혼자를 만납니다.

김미나 님의 사연

잘 살아보겠다고 혼자 상경한 지 벌써 2년이 다 되어가는데 이 긴 시간 동안 서울에서 의지할 만한 사람이 없어 마음이 늘 외롭습니다. 일을 마치고 텅 빈 자취방에 들어가면 나를 반겨주는 건 고요한 정적뿐입니다. 허한 마음에 냉장고를 열면 엄마가 보내주신 반찬들이 가득한데 왠지 입맛이 없어 다시 문을 닫곤 해요. 분명 열심히 살고 있다고는 느끼는데 마음이 힘들어요. 이런 저에게 처방전이 필요합니다.

처 방 詩

동유럽 종단열차

이병률

왜 혼자냐고 합니다
노부부가 호밀빵 반절을 건네며
내게 혼자여서 쓸쓸하겠다 합니다
씩씩하게 빵을 베어물며
쓸쓸함이 차창 밖 벌판에 쌓인 눈만큼이야 되겠냐 싶어집니다
국경을 앞둔 루마니아 어느 작은 마을
노부부는 내리고 나는 잠이 듭니다

눈을 뜨니 바깥에는 눈보라 치는 벌판이
맞은편에는 동양 사내가 앉아 나를 보고 있습니다

긴긴 밤 말도 않던 사내가 아침이 되어서야

자신은 베트남 사람인데 나더러 일본 사람이냐고 묻습니다

나는 고개를 저을 뿐 그에게 왜 혼자냐고 묻지 않습니다

대신 어디를 가느냐 물으려다 가늠할 방향이 아닌 듯해 소란을 덮어둡니다

큰 햇살이 마중나와 있는 역으로

사내는 사라지고 나는 잠이 듭니다

매서운 바람에 차창은 얼고 풍경은 닫히고

달려도 달려도 시간의 몸은 극치를 향해 있습니다

바르샤바로 가려면 이 칸에 있고

프라하로 가려면 앞 칸으로 가라고 차장은 말하는 것 같습니다

어디로든 가지 않아도 됩니다

어디든 지나가도 됩니다

혼자인 것에 기대어 가고 있기에

처방전

고요와 냉장 사이

우리는 언제쯤 혼자에 익숙해지는 걸까요. 익숙해지는 사람이 있긴 있는 걸까요.

저는 대학에 입학하면서 자연스레 혼자만의 살림을 꾸렸습니다. 작은 방에 더 작은 부엌이 딸린 집이었으나, 열아홉 자취 생활은 그 자체로 드넓었습니다. 자유분방했지요. 청소하지 않아도, 요리하지 않아도, 빨랫감을 2~3주씩 쌓아두어도 누구 하나 간섭하는 이가 없는 '자기만의 방'은 진정한 해방구였습니다. 부모가 주기적으로 보내온 밑반찬을 한번 맛보지도 못하고 쓰레기통에 버려야 할 때면 한순간 죄책감에 시달렸으나 곧 잊혔습니다. 쓸쓸할 겨를이 없었던 셈이지요. 캠퍼스의 낭만을 알아챈 신입생이었으니까요.

쓸쓸할 틈이 있어야 스스로를 돌아볼 수도 있다

는 사실을 저는 그로부터 수년 뒤에 알게 되었습니다. 여전히 혼자 살며, 직장 생활과 살림을 함께 꾸리는 사이사이에요. 냉장고 문을 괜스레 열었다 닫았다 하는 일이 만국 공통의 '언어'라는 것, 입맛이란 녀석은 왜 매번 사라졌다 나타나기를 반복하는지, 열심히 산다는 말은 누군가에게 해주고 싶은 말이면서 동시에 누군가한테서 꼭 듣고 싶은 말이기도 하다는 것을 차츰 깨쳤습니다. 마치 '혼자를 기르는 법'을 스스로 터득해 나가듯이요. 혼자 살아가는 버릇을 잘 들여놓아야 어른이 되는 거라는 어른들의 말을 귓등으로 듣던 때에는 몰랐습니다. 혼자 잘 산다는 말이 혼자서 잘 사는 것이 아니라 혼자를 잘 사는 것이라는 걸요.

자취 경력자로서 늘 혼자인 것에 자신만만한 제가 혼자라는 '상태'를 구체적으로 돌아보게 되는 건 무엇보다 부모가 보내온 택배 상자와 마주할 때입니다. 김치나 양파 장아찌, 된장과 참기름 등을 앞에 두고 저는 저 자신이 여전히 누군가에게 기대어 살고 있는 처지임을 단단히 알았습니다. 그 대면은 허하고 외롭다기보다는 쓸쓸한 것이었지요. 쓸쓸하다는 건 혼자인 것이 아니라 혼자가 아니라는 사실을 역설적으로 증명하는 상태였습니다. 그런 혼자인 상태를 긍정하면서 우리의 생활은, 삶은 텅 빈 정적과 꽉 찬 냉장고 사이를 그저 왔다 갔다 하는 것에 지나지 않는다는 나름의 생활 철학도 터득하게 되었습니다. 혼자 밥상 앞에 앉아 음식들과 대화하며 즐겁게 밥을 먹는 법을 배웠다고 하면, 이상할까요? 웃길까요?

처음으로 혼자 여행을 떠났던 때를 떠올려봅니다. 잘 살아보겠다고 살았지만, 남들처럼 살지 못해 첫 실업급여를 받았을 때였습니다. 기차를 타고 서울에서 묵호까지 가는 밤이었습니다. 그때 저는 혼자에 기대어 간다는 것에 익숙하지 못해 맥주 여러 캔을 벌컥벌컥 마시고 차창 밖의 검은 고요를 즐길 새도 없이 쓰려져 잠이 들어버렸습니다. 눈을 뜨니 텅 빈 목적지에 도착해 있었지요. 처음으로 혼자 고깃집에 갔던 날도 기억납니다. 호기롭게 들어가 돼지갈비 2인분을 구워 먹고 집으로 와서는 까스 활명수를 찾았습니다. 처음으로 혼자 면접을 보러 갔을 때, 처음으로 혼자 극장에 갔을 때, 처음으로 혼자 사랑에 빠졌을 때, 처음으로 혼자 울었을 때를 되돌아보면 나는, 우리는 혼자서 참으로 많은 일을 해내며 살아간다는 생각이 듭니다. 혼자를 혼자 두지 않는 씩씩한 사람으로 자라나 우리는 자신의 등을 누군가에게 내어주는 게 아닐까요.

사랑도, 우정도 모두 등에서부터 시작합니다. 그런 등을 머릿속에 그려보면 어느새 혼자서도 무슨 일이든 다 해낼 수 있을 것만 같은 마음이 되지 않나요. 비록 지금이 아니더라도, 언젠가, 어디선가. 혼자는 혼자를 만납니다.

사람은 사람에게 기대며 사는 존재라지만 그 사람이 바로 나 자신이라는 것도 소소하지만 확실한 행복이 아닐 수 없지요. 월급날 나를 위해 굽는 소고기나 나를 위해 사주는 구두, 나를 위해 읽는 책 한권이 나의 한달을 튼튼하게 떠받친다는 건 명쾌한 사실이지요. "분명 열심히 살고 있다고"라고 말할 수 있는 사람은 차근차근 혼자에 기대어 사는 사람이랍니다. 쓸쓸하게 씩씩하게. ●

마음은 아직 졸업하지 않았습니다

지금 와 생각하면 그때 수양버들 아래 앉아 있던 그 순간에, 아무 말 없던 그 찰나에 선생님은 수줍은 제자의 생각을 읽고 "아 좋은 생각,/그것도 좋겠구나." 하고 말없이 마음을 전해준 게 아닌가 싶습니다. 그러니까 제 기억은 수척한 것이 아니라 건강한 것이어야겠지요. 그때 봄날의 운동장을 살펴보는 선생님 얼굴은 왜 그렇게 흥미진진해 보였는지. 흥미진진한 선생님이야말로 "현자의 돌에 닿을 때까지,/부디 건투를 빈다"라고 말할 수 있습니다. 비록 입술을 열지 않아도요.

오은지 님의 사연

작년 초에 처음 만나서 존경하고 사랑하게 된 선생님이 있는데 제가 올해 졸업입니다. 앞으로 자주 보지 못하더라도 그분이 저를 꼭 기억해주셨으면 합니다. 지난 1년 동안 저는 그분 생각을 아주 많이 해서 온종일 아무것도 못하고 그냥 혼자서 웃던 적도 있었습니다. 그래서 저에 대해 어떻게 생각하셨든 그분이 앞으로 저를 떠올릴 만한 선물을 해드리고 싶습니다. 선생님을 위해 소설을 한편 써보긴 했는데 다른 무언가를 더 드리고 싶습니다. 어떻게 하는 게 좋을지 도와주세요.

졸업

김사인

선생님 저는 작은 지팡이나 하나 구해서

호그와트로 갈까 해요.

아 좋은 생각,

그것도 좋겠구나.

서울역 플랫폼 3과 1/4번 홈에서 옛 기차를 타렴.

가방에는 장난감과 잠옷과 시집을 담고

부지런한 부엉이와 안짱다리 고양이를 데리고

호그와트로 가거라 울지 말고

가서 마법을 배워라.

나이가 좀 많겠다만 입학이야 안되겠니.

이곳은 모두 머글들
숨 막히는 이모와 이모부들
고시원 볕 안 드는 쪽방 뒤로
한 블록만 삐끗하면 달려드는 '죽음을 먹는 자들'.
그래 가거라
인자한 덤블도어 교장 선생님과 주근깨 친구들
목이 덜렁거리지만 늘 유쾌한 유령들이 사는 곳.

빗자루 타는 법과 초급 변신술을 떼고 나면, 배고프지 않는 약초 욕먹어도 슬퍼지지 않는 약초 분노에 눈 뒤집히지 않는 약초를 배우거라. 학자금 융자 없애는 마법 알바 시급 올리는 마법 오르는 보증금 막는 마법을 익히거라. 투명 망또도 언젠가 쓸모가 있겠지.
그곳이라고 먹고살 걱정 없을까마는
서서히 영혼을 잠식하는 저 흑마술을 잘 막아야 한다.
그때마다 선량한 사냥터지기 해그리드 아저씨를

생각하렴.

나도 따라가 약초밭 돌보는 심술 첨지라도 되고 싶구나.

머리 셋 달린 괴물의 방을 지나
현자의 돌에 닿을 때까지,
부디 건투를 빈다
불사조기사단 만세!

처방전

마음은 아직 졸업하지 않았습니다

저에게도 '잘 지내시지요?'라고 안부를 여쭙고 싶은 국어 선생님이 있습니다. 이제는 소식을 알 수 없어서 더 그리운 분이지요.

한번은 선생님과 함께 교정을 걷다가 수양버들 아래 벤치에 앉았습니다. 저와 선생님은 한동안 아무 말 없이 서로의 침묵에 곁을 내어주고 있었습니다. 그때 봄날의 운동장을 살펴보는 선생님 얼굴은 왜 그렇게 수척해 보였는지. 선생님 수업이 가장 재미있다고 입을 열고 싶었지만, 말하지 못했습니다. 글 쓰는 사람이 되고 싶다는 말도 끝내 하지 못했죠. 선생님은 그런 저를 보고 싱긋 웃으며 그만 일어날까, 대답했습니다. 지금도 선생님을 떠올리면 수양버들 속에 머물러 있던 얼굴이 머릿속에 어른거리곤 합니다. 그때 제가 조금 더 엉뚱한 아이였다면 어땠을까요. 마치 마법을 믿는 사람처럼. 그랬다면 저는 선생님의 얼굴을 다르게 기억했겠죠.

당신은 선생님의 '어떤 얼굴'을 떠올리면 배시시 웃음이 나오고 미래를 튼튼하게 설계할 기운을 얻나요. 선생님의 '어떤 표정'이 입시 너머에 있는, 당신을 기다리는 마법 같은 순간들을 삼삼하게 그려볼 수 있게 하나요. 당신을 꼭 기억해주면 좋겠다는 마음은 선생님의 '어떤 마음'과 연결된 걸까요.

지금 와 생각하면 그때 수양버들 아래 앉아 있던 그 순간에, 아무 말 없던 그 찰나에 선생님은 수줍은 제자의 생각을 읽고 "아 좋은 생각,/그것도 좋겠구나." 하고 말없이 마음을 전해준 게 아닌가 싶습니다. 그러니까 제 기억은 수척한 것이 아니라 건강한 것이어야겠지요. 그때 봄날의 운동장을 살펴보는 선생님 얼굴은 왜 그렇게 흥미진진해 보였는지. 흥미진진한 선생님이야말로 "현자의 돌에 닿을 때까지,/부디 건투를 빈다" 라고 말할 수 있습니다. 비록 입술을 열지 않아도요.

그러나 우리는 늘 선생을 뛰어넘는 제자.

선생님에게 '지키지 못할 약속'을 손글씨로 적어 선물하는 건 어떨까요. '자주 찾아뵙겠습니다.' '연락

드릴게요.' 같은 지키지 못할 약속 말고요, 정말 더 지킬 수 없고 정말 더 휘황찬란한 거로 준비해보는 거예요. "저는 작은 지팡이나 하나 구해서/호그와트로 갈까 해요." 같은 말을요. 그때 선생님의 얼굴을 기억해보는 겁니다. 그때 선생님에게 지금 제 얼굴을 기억해주세요, 말해보는 겁니다. 세상에 단둘만이 아는 얼굴을요. 세상에 하나밖에 없는 얼굴을 서로에게 선물해보는 겁니다. 아주 흥미진진한 미래를요. 그리고 마지막으로 정말, 지킬 수 있는 말을 덧붙여보는 겁니다.

"선생님 제 마음은 아직 졸업하지 않았습니다."
누군가에게 기억되는 일이란 결국 누군가를 계속해서 잊지 않는 일이랍니다.

추신: 잘 지내시는지요, 박영희 선생님……. ●

놓아주는 법

기쁠 땐 기쁘다고 말하고, 슬플 땐 슬프다고 말하고, 아플 땐 아프다고 말하고, 힘들 땐 힘들다고 말하고, 좋을 땐 좋다고 말하고, 싫을 땐 싫다고 말하고, 행복할 땐 행복하다고 말하고, 불행할 땐 불행하다고 말하고, 볼 수 없을 땐 보고 싶다고 말하고, 맛있는 걸 먹을 때, 재미난 걸 봤을 때, 바다에 갔을 땐, 산에 갔을 땐 사진을 찍어 보내는 삶이야말로 살아 있을 때도, 죽어서도 남겨진 자들에게 행복을 주는 일이더라고요. 살면서 잘하고 싶어졌습니다. 더 많은 흔적을 남기고 싶어졌습니다.

산다는 것. 살아 있었다는 것. 그것이 바로 위로라는 것을 알았습니다.

그리고 많은
분들의 사연 —

위로받고 싶어요.

처방詩

고무동력 비행기

조원규

아이들이 차례로 미끄럼틀에 올라
고무동력 비행기를 날립니다

고요한 날개들이
작은 얼굴들 위로 흘러 다닙니다

마치 사물들을 멀리에
놓아주는 법을 배우는 것 같았습니다

처방전

놓아주는 법

딱 한 문장이 말하는 이의 모든 걸 듣는 이에게 전달할 때도 있습니다. 인간은 복잡할 땐 복잡하지만 단순할 땐 또 한없이 단순하잖아요. 어제는 당장 죽고 싶다가도 오늘은 맛있는 떡볶이를 먹고 싶어지는 사람의 마음은 간사한 게 아니라 간단한 겁니다. 위로와 행복도 간단한 거지요.

위로받고 싶다고 말하는 사람에게 말하면 됩니다. 위로해줄게. 슬프다는 사람에게 말하면 됩니다. 슬퍼해줄게. 아프다는 사람에게 말하면 됩니다. 아파해줄게. 외롭다고 하는 사람에게, 마음이 허전하다고 하는 사람에게 해줘야 하는 말을 우리는 이미 다 알고 있습니다. 다만, 우리는 성냥 앞에서 늘 주눅들 뿐이죠. 과연 이런 말이 위로가 될까, 힘이 될까, 이런 말이 정답이 될까. 주저할 뿐입니다.

얼마 전에 가슴 아픈 일이 있었습니다.

오래 사귀어 지내던 한 친구가 암 투병 중에 안타깝게도 하늘나라로 떠났습니다. 친구는 사라졌는데, 친구와 주고받았던 대화와 사진은 아직 휴대전화에 그대로 남아 있어서 그때의 말들과 그때의 사진들을 다시금 찾아보게 되었습니다. 새삼 산다는 건 어떤 것일까 곱씹게 되더라고요. 모든 죽음은 그렇게 귀결되지요. 삶으로요.

기쁠 땐 기쁘다고 말하고, 슬플 땐 슬프다고 말하고, 아플 땐 아프다고 말하고, 힘들 땐 힘들다고 말하고, 좋을 땐 좋다고 말하고, 싫을 땐 싫다고 말하고, 행복할 땐 행복하다고 말하고, 불행할 땐 불행하다고 말하고, 볼 수 없을 땐 보고 싶다고 말하고, 맛있는 걸 먹을 때, 재미난 걸 봤을 때, 바다에 갔을 땐, 산에 갔을 땐 사진을 찍어 보내는 삶이야말로 살아 있을 때도, 죽어서도 남겨진 자들에게 행복을 주는 일이더라고요. 살면서 잘하고 싶어졌습니다. 더 많은 흔적을 남기고 싶어졌습니다.

산다는 것. 살아 있었다는 것. 그것이 바로 위로라는 것을 알았습니다.

짧은 생을 살았으나, 제 친구는 많은 이들에게 기쁨을 주는 이였습니다. 그 자신이 망가지는 것도 개의치 않고 웃음을 주던 친구였고, 누군가에게 위로가 필요할 땐 한치의 망설임도 없이 따뜻한 말을 전해오던 사람이었습니다. 슬픔엔 슬픔으로, 기쁨엔 기쁨으로 연대할 줄 아는 친구였지요. 그런 친구였기에, 친구는 자신에게 임박한 죽음을 이런 식으로 친구들에게 전했습니다.

'내가 죽으면 그 집으로 소복 입고 찾아가서 라면 끓여줄게.'

당신은 살아 있나요?

살다보면 긴 휴가보다 짧은 휴식이 더 절실해질 때가 있습니다. 위로란 휴가보다는 휴식 같은 거지요. 수요일 오후에 반차를 내고 허허로이 걷거나 혼자서 미술관에 가고, 극장에서 영화를 한편 보고 나와 마주치는 저녁 일몰은 다른 수요일 퇴근길의 그것과는 어딘가 달라도 다릅니다. 살아 있지요. 하루를 잘 놓아주는 법을 배우기 위해 잠시 숨 돌릴, 위안의 시간이 필요하진 않나요? 여러분에게 드리고 싶습니다. 한 숨을요. 잠시, 숨을 쉬세요. 마치 숨을 멀리에 놓아주는 법을 배우는 것처럼. ●

시인의 말

이로써 당신 마음의 온도가

1도라도 올라갔다면,

그걸로 되었습니다.

겨울, 보리차를 앞에 두고

김현

기화

김현

문을 닫는다
보리차를 끓인다

밤은 어떻게 보리차를 맛있게 하는가

너는
간밤에 혼자
눈 쌓인 공원을 산책하고 돌아온
영혼의 언 발을 녹이는 중이다

너의 등에서 눈은 분산됐다. 깨끗한 풍경이 이루어졌다.
젖은 옷을 말리기 위해 발가벗은 몸이 되었다.

너는 보았고
나는 보지 못했다
이렇듯 운명이 교차한다

애인은 어떻게 영혼을 아늑하게 하는가

물의 열망은 밤으로 소환된다
수면양말 속에서 발가락은 내 것이 아닌 듯 따뜻하다
어디에도 없는 아내의 마음을 취조한다

아내들은 어떻게 밤을 신비롭게 하는가

모든 순간을 연다
네가 없다

발가락을 어루만지던 기분이

영원히 남아 있다

보리차의 빛깔은 고딕체로 선명해진다
영혼은 어떻게 마음을 떠도는가

혼자
눈 쌓인 공원을 산책하고 돌아온 영혼이
똑똑똑
문을 두드린다

보리차는 식어가고
나는 영혼을 앞에 두고 있다☃

☃ 발가벗은 마음은 이불 속에 있었다. 그러는 동안 젖은 옷이 말랐다. 너의 등으로 내 얼굴이 쑥 들어갔다.

작품 출전

김사인 「졸업」, 『어린 당나귀 곁에서』(창비 2015)

김애란 「내 애완돌 미래에게」, 『난 학교 밖 아이』(창비교육 2017)

김 현 「기화」, 『입술을 열면』(창비 2018)

도종환 「강」, 『당신은 누구십니까』(창비 1993)

문동만 「그네」, 『그네』(창비 2009)

박소란 「푸른 밤」, 『심장에 가까운 말』(창비 2015)

성동혁 「나 너희 옆집 살아」, 『6』(민음사 2014)

신경림 「말과 별」, 『길』(창비 1991)

신미나 「정미네」, 『싱고,라고 불렀다』(창비 2014)

안미옥 「문턱에서」, 『온』(창비 2017)

이대흠 「어머니라는 말」, 『귀가 서럽다』(창비 2010)

이병률 「동유럽 종단열차」, 『바람의 사생활』(창비 2006)

이상교 「고양이에게」, 『고양이가 나 대신』(창비 2009)

이상국 「아들과 함께 보낸 여름 한철」, 『뿔을 적시며』(창비 2012)

이시영 「봄」, 『우리의 죽은 자들을 위해』(창비 2007)

이제니 「후두둑 나뭇잎 떨어지는 소리일 뿐」, 『아마도 아프리카』(창비 2010)

조원규 「고무동력 비행기」, 『난간』(시용 2013)

진은영 「그 머나먼」, 『훔쳐가는 노래』 (창비 2012)

함민복 「씨앗」, 『눈물을 자르는 눈꺼풀처럼』(창비 2013)

황인숙 「걱정 많은 날」, 『못다 한 사랑이 너무 많아서』(문학과지성사 2016)

사이토 마리코 「눈보라」, 『단 하나의 눈송이』(봄날의책 2018)

당신의 슬픔을 훔칠게요 — 김현의 詩 처방전

초판 1쇄 발행 2018년 12월 24일 | 초판 4쇄 발행 2024년 6월 28일

지은이
김현

펴낸이
윤동희

편집
이하나

디자인
로컬앤드

펴낸곳
㈜미디어창비

등록
2009년 5월 14일

주소
04004 서울 마포구 월드컵로12길 7

전화
02-6949-0966

팩시밀리
0505-995-4000

홈페이지
books.mediachangbi.com

전자우편
mcb@changbi.com

ISBN
979-11-89280-16-1 03810

※책값은 뒤표지에 표시되어 있습니다.